노베첸토

노베첸토

NOVECENTO

알레산드로 바리코_최정윤 옮김

비채

노베첸토, 위대한 재즈의 탄생

김정범(뮤지션)

모놀로그 《노베첸토》를 한 문장으로 요약하면 '평생 배에서 내리지 않았던 어느 피아니스트에 관한 이야기' 정도가 될 것입니다. 사실, 이 간략한 요약문만으로도 무척 흥미롭게 들립니다. 이미 영화와 연극으로 많은 사람들에게 알려졌고 사랑받았지요. 그러나 영화를 보고 소설을 여러 번 읽은 지금도 저에게 그에 대한 궁금증은 여전히 유효합니다. 그가 배에서 내릴 수 없던 사연보다 궁금했던 것이 있었거든요.

저는 노베첸토가 연주했던 음악이 무척 궁금했습니다.

음악이야말로 어떠한 묘사와 설명, 해석보다 그를 이해할 수 있는 열쇠가 될 테니까요. 이 이야기는 공교롭게도 '글'로 되어있습니다. 그가 연주했던 음악을 들어볼 수 없지요. 심지어 그가 어떻게 음악을 배웠고 어떤 스타일로 연주했는지조차 가늠하기 어렵습니다. 하지만 오히려 그렇기에 이 이야기는 끊임없이 우리를 자극하고, 세월이 지나도 노베첸토라는 인물을 생생히 떠오르게 합니다.

노베첸토의 이야기가 펼쳐지던 당시, 미국에는 초기 형태의 재즈가 유행했습니다. 소위 남부지역에서 유행한 딕시(dixie)나 특유의 리듬을 가진 래그타임(ragtime) 등 춤을 위한 댄스 뮤직으로 무척 각광받았지요. 많은 재즈 피아니스트들은 스트라이드(stride) 주법으로 연주를 했습니다. 뉴욕을 중심으로 발전한 이 피아노 연주 기법은 오른손으로는 주선율을, 왼손으로는 베이스 음와 코드를 번갈아 연주하는 방법인데요, 4분의 4박자이지만 템포가 빨라지면 마치 4분의 2박자의 춤곡처럼 들려서 무척 흥겹습니다.

이야기 속에서 노베첸토와 연주 대결을 펼친 '젤리 롤 모턴(Jelly Roll Morton)'은 사실 1920년대에 활동한 실존 인물이랍니다. 뉴올리언스 출신의 뮤지션으로 작곡과 연주에 모두 능했고, 특히 솔로 피아노는 '스트라이드의 정석'이라 불릴 만큼 지금도 유명하죠. 아마 노베첸토는 젤리 롤 모턴보다 더 빠른 템포의 스트라이드 연주를 하지 않았을까요? 그것도 조금 정도가 아니라 훨씬 빨리 말입니다. 재즈가 비밥의 시대를 맞이하기까지 고난이도 기술은 재즈 뮤지션들의 자존심이자 음악의 우열을 가리는 잣대이기도 했으니까요. 하지만 또 다른 상상을 해보면 글이 이야기하는 것처럼 당시에 들을 수 없었던, 아예 새로운 음악을 연주했는지도 모르겠습니다. 마치 셀로니어스 멍크(Thelonious Monk)나 레니 트리스타노(Lennie Tristano)처럼 말이죠. 특히 멍크는 독학으로 피아노를 배웠을 뿐만 아니라 그 시절의 유행과 경향을 완전히 벗어나 독특한 리듬과 불협음 등을 사용한 것으로 유명합니다. 그가 존재하지 않았더라면 모던재즈의 지형은 아예 달라져 있으리라 평가될 정도의 천재적 피아니스트였지요.

그런데 말이지요. 가만히 노베첸토의 이야기를 읽고 있노라니 그가 연주하던 음악을 정확히 아는 것이 과연 중요한 것일까 하는 생각이 들기도 했습니다. 이야기 속 악단 관계자는 이렇게 말했지요. "모르면(전혀 들어보지 못했던 음악이라면), 그게 바로 재즈지!" 알레산드로 바리코가 구체적인 곡명을 쓰지 않은 이유도 어쩌면 그래서가 아닐까요. 그럼에도 음악은 이야기 전체에 더없이 풍성하게 넘쳐 흐릅니다.

노베첸토가 피아노를 연주하던 20세기 초, 많은 천재 뮤지션들이 활약한 덕택에 대중음악은 새로운 국면을 거듭 맞이했습니다. 그들로 인해 음악은 변화했지요. 지금 그 시절의 음악이 물론 새롭게 들리지는 않겠지만, 시대가 달라졌을 뿐 우리는 여전히 새로운 음악과 그 변화의 기류 속에 살고 있습니다. 새롭고 위대한 음악을 연주하게 되기까지 타인이 이해하기 힘든 음악적 고통과 노력의 시간이 노베첸토에게도 존재했을 것입니다. 어쩌면 그것이 그를 배에서 살게 한 진짜 이유는 아닐까 혼자 상상해봅니다. 아마 노베첸토의 연주와 음악은 그 자체로 시대를 이끄는 가장 격렬한 음악을 의미하는 것인지도 모릅니다. 오늘날에도 여전히, 그리고 앞으로도 영원히 궁금할 수밖에 없는 위대한 재즈의 탄생처럼 말이지요.

배우 에우제니오 알레그리와 연출가 가브리엘레 바치스를 위해 이 원고를 집필했다. 이들은 내 글을 공연으로 제작하여 올해 7월 아스티 페스티벌에서 초연했다. 이걸로 내가 극 대본을 썼다고 해도 될는지 모르겠다. 확신은 없다. 책의 형태로 보고 있는 지금, 생각건대 이 글은 실제 공연과 큰소리로 읽어야 하는 소설의 중간쯤 되는 것 같다. 이런 종류의 글을 지칭하는 용어가 있을 것 같지 않다. 어쨌든 그건 그리 중요한 게 아니다. 들려줄 만한 가치가 있는 아름다운 이야기라 생각한다. 그리고 누군가 이 이야기를 읽을 거라 믿는다. _1994년 9월 알레산드로 바리코

바르바라를 위해

모든 주는 옮긴이주입니다.

언제나 그랬다. 어느 순간, 누군가 고개를 들어…… 그것을 발견한다. 불가사의한 일이다. 그러니까 내 말은…… 부자와 이민자, 각양각색의 사람들 그리고 우리까지, 그 배에 탄 수천 명이 넘는 여행자 중에 누군가 꼭 있다. 어떤 한 사람, 처음으로 그걸 보는 단 한 사람. 어쩌면 그는 그저 갑판에서 뭘 먹거나 산책하던 중이었을 것이다. 아니면 바지를 고쳐 입고 있었거나…… 그러다 잠깐 고개를 들어 바다로 눈을 돌렸을 뿐인데…… 그것을 발견한 것이다. 그 순간, 몸이 얼어붙고 심장이 달음질친다. 꼭 그럴 때마다 늘, 언제나 똑같이 우리를 향해, 배를 향해, 모두를 향해 돌아서서 소리친다. (또박또박 천천히) 아메리카! 그러고는 마치 사진 폭 안에 담겨야 한다는 듯 우두커니 멈춰 있다. 퇴근 후 저녁 시간이나 일요일에 벽돌공인 착한 처남의 도움을 받아…… 아메리카를 직접 만들기라도 한 듯한 표정이다. 원래는 합판으로 된 소박한 것을 생각했는데…… 열중하다 보니 아메리카가 만들어졌다나 뭐라나…….

아메리카를 처음으로 발견하는 사람. 어느 배에든 그런 사람이 한 명은 꼭 있다. 우연히 일어나는 일쯤으로 생각해선 안 된다……. 시력의 문제도 물론 아니다. 그건 운명이다. 그런 사람들의 인생에는 애초에 이런 순간이 정해져 있다. 어린 그들의 눈을 유심히 들여다보면 그 안에 이미 행동 개시 준비가 된 아메리카가 보인다. 음, 그러니까, 신경과 혈액을 타고 뇌로 미끄러져 내려가 거기에서 혀로, 그다음에 아메리카(소리치면서) 하는 외침 속으로 들어갈 태세를 갖춘 아메리카가 있다. 아이의 눈 속엔 이미 온 아메리카가 들어 있었다.

거기에서 기다리고 있던 것이다.

이것을 알려준 사람은 바다 위에서 연주한 최고의 피아니스트 대니 부드먼 T.D. 레몬 노베첸토이다. 사람들의 눈에는 이미 본 것이 아니라 앞으로 보게 될 것이 보인다. 그들이 보게 될 것이라고 그가 말했다.

아메리카라면 나도 몇 번 봤다……. 그 배를 타고 매년 대여섯 차례 유럽과 아메리카 대륙을 오가며 바다에서 6년을 지냈으니까. 그러다 육지에 내리면 변기에 대고 제대로 소변 보기도 힘들었다. 변기는 가만히 있는데, 몸이 자꾸 휘청거린다. 배에서 내려올 순 있어도 바다를 벗어나기란 쉽지 않은가 보다. 그 배에 올랐을 때 내 나이는 열일곱이었다. 당시 내 인생에서 단 하나 중요한 게 있었다면 그건 트럼펫 연주였다. 마침 항구에 정박해 있던 버지니아 호에서 사람을 구한다는 소문을 듣고 나도 트럼펫도 줄을 섰다. 1927년 1월이었다. 악단은 이미 있소. 관계자가 말했다. 그 얘길 듣고도 난 연주를 시작했다. 그는 근육 하나 실룩대지 않고 나를 뚫어져라 보고만 있었다. 아무 말 없이 내 연주가 끝나길 기다렸다. 그러고는 내게 물었다.

"그게 뭔가?"

"몰라요."

그의 눈이 반짝였다.

"모르면, 그게 바로 재즈지."

그러고 나서 입으로 이상한 걸 해 보였다. 지금 생각해 보면 아마도 미소였던 것 같다. 그의 입안 한가운데에 마치 판매용으로 진열해놓은 것 같은 금니가 보였다.

"저 위에선 다들 이런 음악이라면 정신을 못 차린다네."

저 위란 배 위를 말하는 것이었다. 그리고 그 미소는 내가 합격이라는 뜻이었다.

우리는 하루에 서너 번 연주했다. 제일 먼저 일등실의 부자들을 위해, 그다음에는 이등실 사람들을 위해, 그리고 이따금씩 삼등실의 가난한 이민자들에게 들러 그들을 위해 연주했다. 악단 유니폼은 입지 않은 채 생각나는 대로 연주했고 가끔 그들도 함께 연주했다. 대양이 광활하고 두려움을 주기 때문에 연주했고, 사람들이 시간 가는 줄 모르고 자신이 누구인지 어디에 있는지 잊게 하려고 연주했다. 춤추는 동안에는 죽을 수 없고 대신 신을 느낄 수 있으니 그들을 춤추게 하려고 연주했다. 그리고 우리는 래그타임*을 연주했다. 아무도 보는 이 없을 때 이 음

---

* 1880년대부터 유행한 피아노 음악. 재즈의 전신이지만 즉흥 연주는 하지 않는다.

악에 맞춰 신이 춤추니까.

신이 흑인이라면 이 음악에 맞춰 춤추었겠지.

(배우가 무대에서 퇴장한다. 매우 경쾌하고 우스꽝스러운 딕시* 음악이 나온다. 배우가 선상의 재즈맨 의상으로 우아하게 차려입고 무대에 다시 등장한다. 그때부터 밴드가 실제로 무대에 있는 것처럼 행동한다)

레이디스 앤드 젠틀맨, 마이네 다멘 운트 헤렌, 신사 숙녀 여러분, 마담 에 무슈! 타이타닉 호를 쏙 빼닮은, 물 위의 도시 버지니아 호에 오신 걸 환영합니다. 정숙하고 앉아주세요. 저 아래 신사분이 자신의 중심부를 만지는 게** 아주 잘 보이는군요. 자, 바다에 잘 오셨습니다. 그런데 여러분들은 여기서 뭘 하시는 거죠? 제가 한번 맞혀볼까요? 빚쟁이들이 당신들의 발뒤꿈치까지 쫓아왔나 보군요. 골드러시를 꿈꾼다면 30년은 늦었어요. 그저 배를 구경하려고 했던 것뿐인데 배가 출발한 걸 몰랐다고요. 담배를 사

---

* 19세기 말에서 20세기 초에 뉴올리언스에서 생겨난 초기의 재즈.

** 이탈리아 남자들이 불길함을 느꼈을 때 액땜을 위해 하는 행동.

러 잠깐 나갔는데, 그사이 당신의 부인이 경찰을 찾아가 당신은 좋은 사람이었고 지극히 평범한 사람이고 30년 동안 그 흔한 다툼 한 번 없었다고 말하겠지요……. 한마디로, 대체 여기서 뭘 하고 있는 거죠? 빌어먹을 세상에서 300마일이나 떨어져서, 2분마다 구역질을 해대면서 말이죠? 부디 용서하세요, 부인, 농담이었습니다. 이 배는 당구공 굴러가듯 바다를 건너갈 테니 걱정 마세요. 똑딱똑딱. 앞으로 6일하고 2시간 47분 후면 뉴—욕이 짠, 하고 나타날 겁니다!

(밴드 클로즈업)

버지니아 호가 어떻게 생겼는지, 그리고 다방면에서 유일무이한 특별한 여객선이라는 설명은 굳이 드리지 않겠습니다. 폐소공포증 환자이자 굉장히 지혜로운 사람(구명보트 안에서 생활하는 걸 보고 이미 눈치채셨겠죠)으로 알려진 스미스 선장의 지휘하에 평범함과는 담을 쌓은, 오직 이곳에서만 볼 수 있는 유일무이한 직원들이 일하고 있으니까요. 우선은 조타수 폴 시에진스키! 폴란드인으로, 전직 사제이자 신앙치료사로, 예민하며 안타깝게도 장님이군요……. 전파전자 통신기사 빌 정! 체스의 명인이자 왼손잡이 말더듬이랍니다……. 선내 의사 클라우저만슈피츠베겐스도르펜탁 박사, 급하게 의사를 부를 일이 생기면, 망했다고 보시면 됩니다……. 그리고 누구보다도,

요리사.

무슈 파딘!

이 여객선에 주방이 없는 진기한 상황을 목격한 뒤 곧장 파리로 돌아간 파리 출신의 그가 있습니다. 그 외에 개수대가 마요네즈 범벅이라며 투덜거린 12호실의 카망베르 씨가 그 사실을 눈치챘지요. 주방이 없어서 보통은 개수대에 얇게 저민 고기를 보관하는데, 이상한 일입니다. 무엇보다 이 배에 진정한 요리사가 없는 것을 탓해야 하겠지요. 물론, 그 요리사는 주방이 있을 거라는 환상을 품었다가 파리로 돌아간 무슈 파딘입니다. 실제로 주방은 없었답니다. 이 배의 설계자인 공학자 카밀레리의 재치 있는 건망증 덕분에 선내에서는 주방을 찾아볼 수 없지요. 세계적으로 유명한 이 거식증 환자에게 열렬한 박수를 보내주십시오!

정말이지 이런 배는 어딜 가도 보지 못할 겁니다. 수십
년을 찾아다닌다면야 폐소공포증을 앓는 선장, 장님인 조
타수, 말더듬이 통신기사, 발음조차 어려운 이름을 가진
의사가 주방도 없는 배에 일제히 타고 있는 것을 볼 수도
있겠죠. 그건 가능할 겁니다. 하지만 맹세컨대, 결코 일어
날 수 없는 일은, 수백 미터의 바다가 펼쳐진 대양 한가운
데에서 10센티미터짜리 의자에 엉덩이를 대고 앉아 눈앞
에는 기적, 귓가에는 경이로움, 다리에는 리듬, 심장에는
누구도 흉내 낼 수 없는 유일무이하고 무한한 애틀랜틱
재즈 밴드의 사운드를 느끼는 것입니다!!!!!

*(밴드 클로즈업. 배우가 악기 연주자를 한 명씩 소개한다. 이름이
불리면 짧은 독주가 이어진다)*

클라리넷에 샘 "슬리피" 워싱턴!
밴조에 오스카 델라구에라!
트럼펫에 팀 투니!

트롬본에 짐 짐 "브레스" 갤럽!

기타에 새뮤얼 호킨스!

끝으로, 피아노에…… 대니 부드먼 T.D. 레몬 노베첸 토!

최고의 연주자입니다.

(음악이 갑작스레 중단된다. 배우가 사회자의 어투를 버리고 악 단복을 벗으며 말한다)

정말 그랬다. 그는 일급 피아니스트였다. 우리는 음악 을 연주했고, 그는 어딘가 달랐다. 그가 연주한 것은…… 그가 연주하기 전에는 존재하지 않는 것이다, 라고 말 하면 이해가 될까? 어디에도 없는 그런 것. 대니 부드먼 T.D. 레몬 노베첸토. 그가 피아노에서 일어나면 그 음악 은 더는 존재하지 않았다……. 영원히 존재하지 않았다. 내가 그를 마지막으로 보았을 때 그는 폭탄 위에 앉아 있 었다. 진짜로. 어마어마한 다이너마이트 더미 위에 앉아 있었다. 말하자면 긴데……. 그는 말했다. "당신에게 좋은 이야기가 있고 그 이야기를 들려줄 누군가가 옆에 있다

23

면 당신에겐 아직 희망이 있는 거예요." 그에게는 그런 좋은 이야기가 하나 있었다. 그 자신이 바로 좋은 이야기였다. 다시 생각해보니 놀랍도록 아름다운 이야기이다……. 다이너마이트 위에 앉아 있던 그날, 그는 내게 그 이야기를 선물했다. 난 그의 가장 소중한 친구였으니까, 바로 내가……. 난 살면서 많은 실수를 했고 나를 물구나무세운다 해도 내 주머니에서는 아무것도 떨어지지 않을 것이다. 트럼펫도 팔고 전부 다 팔았지만…… 그 이야기만은 아니다. 난 그 이야기만은 잃어버리지 않았고, 바다 한가운데에서 대니 부드먼 T.D. 레몬 노베첸토가 마법 같은 피아노로 연주할 때에만 음악이 되었듯, 아직 여기에 신비에 싸인 채 생생하게 남아 있다.

(배우는 무대 뒤로 퇴장한다. 오디오에서 피날레를 위한 밴드 연주가 다시 흘러나온다. 마지막 화음이 끝나면 배우가 무대에 재등장한다)

그를 발견한 사람은 대니 부드먼이라는 이름의 선원이었다. 보스턴 항구에 도착한 어느 날 아침, 승객들이 모두 내린 뒤 상자 안에 들어 있던 그를 발견한 것이다. 태어난 지 열흘 남짓 된 것 같았다. 상자 안에서 울지도 않고 눈을 말똥말똥 뜨고 얌전히 누워 있었다. 아기는 일등실의 연회장에 남겨져 있었다. 피아노 위에. 하지만 일등실 승객의 아기 같진 않았다. 보통 이민자들이나 하는 짓이었다. 배 안 어딘가에 숨어서 출산을 하고 아기들을 두고 가는 짓 말이다. 악의가 있어서 그러는 건 아니다. 가난이 죄지. 그 지독한 가난 때문이다. 어찌 보면 옷 이야기와 비슷하다……. 엉덩이 부분에 헝겊을 덧대어 입은 사람들이 배에 오른다. 너나 할 것 없이 여기저기 헤진 옷을 입고 있다. 옷이라곤 그 한 벌뿐이다. 그래도 미국은 미국인가 보다. 내릴 때가 되면 모두 번듯하게 차려입은 모습이다. 어른들은 넥타이도 매고 아이들은 똑같은 흰색 러닝셔츠를 입고…… 그러고 보니 재주가 있었군. 배에 타고 있던 20일 동안 재단하고 바느질한 것이다. 결국 배의 커튼이고 침대 시트고 남아나는 게 없었다. 가족 모두가 좋은 옷을 입고 미국 땅을 밟을 요량이었던 것이다. 그러니 그들을 탓할 수는 없는 일이지…….

다시 말해, 이민자들에게는 먹여 살려야 할 입이자 출

입국 사무소 입장에서는 상당한 골칫거리인, 아이가 태어나는 경우도 더러 있었다. 그 아이들은 배에 남겨진다. 커튼과 침대 시트의 값을 치른 것인지도 모른다. 부드먼이 발견한 그 아이도 이런 사정으로 여기까지 온 게 틀림없다. 아이를 일등실 연회장의 그랜드피아노 위에 둘 때, 운이 좋으면 돈 많은 자들이 아이를 데려갈 것이고 그러면 평생 행복하게 살지도 모른다며 이리저리 따져봤을 것이다. 꽤 괜찮은 계획이었다. 절반의 성공은 이룬 셈이다. 부자가 되진 않았지만 피아니스트가 되었으니. 최고의 피아니스트.

어찌됐든 늙은 부드먼은 그곳에서 아기를 발견했고 신상을 확인할 만한 것이 있는지 살펴보았지만 상자에는 파란색 잉크로 'T.D. 레몬스'라고 인쇄된 글씨밖에 보이지 않았다. 레몬 그림도 똑같은 파란색이었다. 대니는 필라델피아 출신의 흑인으로, 엄청난 거구의 사나이였다. 그는 아이를 품에 안고 "안녕 레몬!" 하고 인사했다. 그러자 그새 아빠가 되기라도 한 듯 가슴속에 뭔가 꿈틀거리는 게 느껴졌다. 그는 일생을 T.D.가 'Thanks Danny' 즉 '고마워요, 대니'를 의미한다고 호언장담했다. 말도 안 되는 얘기지만 진짜로 그렇게 믿었다. 아이가 거기에 남겨진 것이 바로 자신을 위해서였다는 것이다. 그렇게 확신했다. T.D., Thanks Danny. 어느 날 사람들이 그에게 신문을 한 장 가져다주었다. 거기에는 라틴 러버처럼 아주 가느다란 콧수염이 난 남자가 바보 같은 표정을 짓고 있는 광고가 있었는데, 커다란 레몬 그림 옆에 '타노 다마토, 최고의 레몬, 타노 다마토, 레몬의 왕'이라고 쓰여 있었다. 무슨 증명서인지 상인지 뭔지 모르겠지만…… 타노 다마토Tano Damato라고 쓰여 있었다. 늙은 부드먼은 눈 하나 깜짝하지 않았다. "이 게이 같은 놈은 누구야?" 그가 물었다. 그는 신문을 홱 낚아챘다. 그 광고 옆에 경마 경기의 결과가 있어서였다. 그가 경마 노름에 빠진 것은 아니다. 단지 경주마의 이름을 좋아했다. 그뿐이다. 이름에 푹 빠져서 늘 "내 이야기 좀 들어보게. 여기 이 말 말일세, 어제 클리블랜드 경기를 뛰었다네. 이름이 *체르키 그라네(문젯거리를 찾다)*라는군. 이게 말이 되나? 이건 어떻고? *멜리오 프리마(먼저가 낫다)*, 배꼽 빠지겠지?" 한마디로 그는 말 이름을 좋아했고 꽤나 열정적이었다. 이기고 지는 것에는 털끝만큼도 관심 없었다. 그가 좋아한 건 이름이었다.

그는 아이에게 자신의 이름, 대니 부드먼으로 시작하는 이름을 지어주었다. 평생에 단 한 번, 그가 부릴 수 있는 사치였다. 그러고는 상자에 쓰여 있던 대로 T.D. 레몬을 붙였다. 이름 중간에 알파벳을 넣으면 고상해 보인다는 말을 들어서였다. "변호사 이름들은 다 그렇다네." 존 P.T.K. 원더라는 이름의 변호사 덕분에 감옥까지 갔었던 기관사 버티 범이 말했다. "이 아이가 변호사를 하겠다고 하면 가만두지 않을 거야." 늙은 부드먼이 단호히 말했지만 이니셜 두 개는 그대로 두었다. 그렇게 해서 대니 부드먼 T.D. 레몬이라는 이름이 탄생했다. 멋진 이름이었다. 늙은 대니와 동료들은 보스턴 항구에 정박해 기관실 엔진을 끄고 작은 목소리로 이름을 되뇌며 잠시 고민했다.

"멋진 이름이야." 마침내 늙은 부드먼이 말했다. "그런데 뭔가 부족해. 근사한 마무리가 필요해." 사실이었다. 인상적인 마무리가 필요했다. "마르테디(화요일)를 붙여보는 건 어때?" 웨이터 샘 스툴이 말했다. "아이를 화요일에 찾았으니까, 마르테디라고 부르자고."

대니는 잠시 생각했다. 그리고 미소 지었다. "그거 좋은 생각이군, 샘. 빌어먹을 이번 세기의 첫해에 이 아이를 발

28

견했으니 노베첸토*라고 부르는 게 좋겠네." "노베첸토라고?" "노베첸토." "그건 숫자잖아!" "숫자였지, 이젠 이름이야." 대니 부드먼 T.D. 레몬 노베첸토. 완벽했다.

정말 멋진 이름이다. 끝내주는 이름이다. 이런 이름이라면 장차 크게 될 거야. 사람들은 몸을 숙여 상자 안을 들여다보았다. 대니 부드먼 T.D. 레몬 노베첸토가 웃으면서 그들을 바라보았다. 그들은 깜짝 놀랐다. 이 조그마한 아기가 이렇게 똥을 바가지로 쌀 줄은 미처 생각지 못한 모양이다.

대니 부드먼은 그 후로 8년하고도 2달, 11일 동안 선원 일을 계속했다. 그러다 폭풍이 몰아치는 바다 한복판에서 고삐 풀린 도르래가 그의 등짝을 내리치는 일이 벌어졌다. 그리고 사흘 뒤, 그는 세상을 떠났다. 내장이 모두 파열되어 살릴 방법이 없었다. 당시 노베첸토는 어린아이였다. 그는 대니가 누워 있는 침대 곁을 떠나지 않았다. 철 지난 신문 더미를 들고 사흘 동안 안간힘을 쓰며 죽어가는 늙

---

* 20세기를 뜻하는 이탈리아어.

은 대니에게 경마 경기의 결과를 보이는 대로 모두 읽어주었다. 신문을 손가락으로 꾹꾹 누르며, 한시도 눈을 떼지 않고 대니가 가르쳐준 대로 글자를 모두 붙여서 읽었다. 속도는 느렸지만 꿋꿋이 읽어나갔다. 시카고에서 열린 여섯 번째 경마 경기가 있던 날, 대니는 세상을 떠났다. 아쿠아 포타빌레(음료수)가 미네스트로네(수프)를 2마신 차이로, 폰도틴타 블루(파란색 파운데이션)를 5마신 차이로 앞서서 우승을 차지했다. 대니는 경주마들의 이름을 듣자 웃음을 참을 수 없었고, 그렇게 웃으면서 생을 마감했다. 사람들은 그를 방수천에 싸서 바다로 돌려보냈다. 선장은 천에 빨간색 페인트로 'Thanks Danny'라고 썼다.

별안간 노베첸토는 두 번째로 고아가 되었다. 그는 여덟 살이었고 유럽과 미국을 벌써 50여 차례나 오갔다. 바다는 그의 집이었다. 그리고 육지는, 밟아본 적도 없다. 물론 항구에서 본 적은 있다. 하지만 배에서 내린 적은 단 한 번도 없다. 대니는 서류나 비자, 그런 것들을 문제 삼으며 누가 아이를 데려갈까 봐 두려워했다. 그래서 노베첸토는 항상 배에 머물렀고 때가 되면 다시 떠났다. 정확히 말하면, 노베첸토는 이 세상에 존재하지 않았다. 그의 이름이 적힌 도시나 교회, 병원, 감옥, 야구팀은 어디에도 없었다. 고국이나 생년월일, 가족도 없었다. 여덟 살이지만 기록상 태어나지 않은 것이나 다름없었다.

"오래가지는 못할 거야" 사람들은 종종 대니에게 이렇게 말했다. "다른 걸 다 떠나서 법을 위반하는 것이잖아." 이럴 때 대니는 상대의 말문을 막아버리는 대답을 알고 있었다. 그가 말했다. "염병할 법은 무슨." 이렇게 나오는 이상 대화를 이어갈 여지는 없었다.

대니가 세상을 떠난 항해의 종착지인 사우샘프턴에 도착했을 때, 선장은 이제 연극을 그만둘 때가 왔다고 생각했다. 그는 항만 당국에 전화를 걸었고 부선장에게 노베첸토를 인계하라고 말했다. 그런데 노베첸토는 어디에서도 보이지 않았다. 이틀 동안 그를 찾아 배 안을 샅샅이 뒤졌지만 없었다. 온데간데없이 사라진 것이다. 버지니아호 사람들은 아이에게 정이 들 만큼 들어서인지 그 사실을 받아들일 수 없었다. 입에 담기조차 겁냈다. 하지만 뱃전에서 뛰어내리는 건 그리 어려운 게 아니다. 뛰어내리기만 하면 그다음엔 바다가 알아서 할 테니까…… 그 후로 22일이 지났고, 돌아오기는커녕 생사도 알 길 없는 노베첸토를 뒤로 하고 리우데자네이루로 떠나야만 했을 때 사람들의 마음은 미어졌다…… 여느 때처럼 색 테이프와 사이렌 소리, 불꽃놀이가 출항을 알렸지만 노베첸토를 영영 잃을지도 모르는 그때는 분위기가 사뭇 달랐다. 뭔가가 모든 이의 미소를 갉아먹고 마음을 물어뜯었다.

아일랜드 해안의 불빛이 시야에서 사라진 항해 둘째 날 밤, 갑판장 배리가 실성한 사람처럼 선장이 자고 있는 선실로 달려가 그를 깨우며 가서 볼 게 있다고 말했다. 선장은 욕지거리를 해댔지만 따라나섰다.

불 꺼진.

일등실 연회장.

입구에 서 있는 잠옷 차림의 사람들. 선실에서 나온 승객들.

그리고 선원들과 기관실에서 올라온 흑인 세 명과 조타수 트루먼.

모두가 숨죽이고 바라본다.

노베첸토가 보인다.

그가 다리를 대롱거리며 피아노 의자에 앉아 있었다.

세상에, 연주를 하고 있었다.

*(오디오에서 단조롭고 느린 매혹적인 피아노 연주가 흘러나온
다)*

　무슨 곡을 연주하는지 도무지 모르겠지만 간결하고……
아름다웠다. 어떠한 속임수도 없었다. 어찌된 영문인지 그
가 바로 거기에 있었다. 건반에 손을 얹고 연주하고 있었
다. 어떤 연주를 하는지 들어볼 필요는 있었다. 핑크색 나
이트가운을 입고 머리에 집게핀을 꽂은 부인이 있었다. 어
느 보험회사 사장의 미국인 부인으로, 돈이 철철 넘치는
사람이었는데…… 글쎄, 얼굴에 바른 나이트크림 위로 눈
물이 줄줄 흘러내렸다. 노베첸토를 바라보는 눈에서 눈물
이 그칠 줄 모르고 쏟아졌다. 충격으로 화가 부글부글 끓
는 선장이 옆에 있는 것을 보고, 말 그대로 부글부글 끓고
있는 그를 보고 부잣집 부인은 코를 훌쩍거리면서 피아노
를 가리키고는 물었다.
　"이름이 뭐죠?"
　"노베첸토."
　"곡 이름 말고 저 아이요."
　"노베첸토."

"곡 이름과 똑같군요?"

선장으로서는 네다섯 마디 이상 이어가기 힘겨운 그런 종류의 대화였다. 죽었다고 생각한 아이가 살아 있다는 것뿐 아니라 어느샌가 피아노를 배웠다는 사실을 알게 된 상황에는 특히 그랬다. 선장은 눈물을 흘리는 귀부인을 뒤로 하고 잠옷 바지에 제복 재킷을 풀어헤친 채 연회장을 가로질러 걸어갔다. 피아노가 있는 곳에서 걸음을 멈추었다. 그 순간 많은 말이 떠올랐을 것이다. 예를 들면, "빌어먹을 피아노는 어디서 배웠니?" 혹은 "대체 어디에 숨어 있던 게야?" 하지만 규율에 맞춰 생활하는 데 익숙한 사람들이 그렇듯 그의 사고도 틀을 벗어나지 못했다. 그런 그가 뱉은 말은,

"노베첸토, 이건 누가 뭐래도 규칙위반이야."

노베첸토는 연주를 멈추었다. 그는 말수가 적고 학습 능력이 뛰어난 아이였다. 그가 선장을 지그시 바라보며 말했다.

"염병할 규칙."

(오디오에서 폭풍 소리가 들린다)

바다가 잠에서 깨어났다/ 바다가 탈선했다/ 하늘을 향해 물을 내뿜는/ 폭발한다/ 씻어낸다/ 바람에게서 구름과 별을 걷어낸다/ 언제까지/ 미쳐/ 날뛸지/ 아무도 모른다/ 하루가 지나면/ 끝나겠지/ 맙소사/ 이런 말은 없었잖아요, 이런/ 자장가처럼/ 바다가 당신을 흔들며 어른다/ 쥐뿔 어르기는/ 맹렬히/ 주위에는 온통/ 거품과 고통/ 미친 바다/ 보이는 거라곤/ 오로지 어둠과/ 어두운 장벽/ 소용돌이/ 모두가 침묵한 채/ 멈추기를/ 기다린다/ 맙소사 침몰은 싫어요/ 바다가 잔잔해지길/ 고요하게/ 당신을 비추기를/ 이런/ 미치광이 같은/ 물/ 장벽과/ 이 소리가/ 사라지기를 원해요/

우리가 알던 바다를 원해요

고요하고

빛나며

수면 위로

날치가

날아다니는

바다를 돌려주세요.

첫 항해, 첫 폭풍. 운도 없지. 버지니아 호 역사상 가장 거친 풍랑으로 호되게 당한 그 여행이 어떻게 지나갔는지 생각조차 나지 않는다. 한밤중에 바다는 미친 듯이 날뛰기 시작했고 테이블이 나뒹굴었다.

바다. 결코 멈추지 않을 것 같았다. 배에서 트럼펫이나 부는 사람은 폭풍이 와도 딱히 할 수 있는 일이 없다. 물론 사태를 복잡하게 만들지 않으려고 트럼펫 부는 것은 자제하겠지. 그리고 자신의 선실에 얌전하게 머무를 수도 있겠지만, 그 안에서 견디기란 쉽지 않았다. 신경을 딴 데로 돌리려 애쓰지만 맹세코 그 즉시 머릿속에 이런 표현이 떠오른다. 독 안에 든 쥐. 나는 독 안에 든 쥐처럼 갇혀서 죽고 싶지 않아서 선실 밖으로 나와 배회하기 시작했다. 어딜 알고 가는 건 아니었다. 배에서 지낸 지 겨우 나흘밖에 되지 않았고 화장실 가는 길만 찾아도 대단한 일을 한 것이나 다름없던 때였다. 선실들은 둥둥 떠 있는 작은 도시였다. 정말이다. 여기저기 쿵 하고 부딪히고 무작정 보이는 대로 다니면 길을 잃을 게 분명했다. 결국은 그리 되었다. 빼도 박도 못하게. 그때 누군가 보였다. 우아한 옷차림으로 어둠 속을 차분하게 걸어오는 사람. 길을 잃은 것 같지는 않았고 흔들림조차 느끼지 않는 것 같았다.

마치 니스 해안을 산책하는 사람 같았다. 그는 노베첸토였다.

당시 그는 스물여덟 살이었지만 나이보다 더 들어 보였다. 그를 안 지 얼마 되지 않았을 때였다. 우리는 나흘 정도 밴드에서 호흡을 맞추었다. 그게 다였다. 난 그의 선실이 어디인지도 몰랐다. 물론 다른 사람들이 그에 대해 몇 가지 이야기를 해주기는 했다. 이상한 이야기였다. 노베첸토가 단 한 번도 배에서 내린 적이 없다는 것이다. 이 배에서 태어났고 그 후로 줄곧 이곳에 살았다고 했다. 육지에 발 한번 디뎌보지 않고 27년을 그렇게. 듣고 있자니 영 터무니없는 소리 같았다. 그가 존재하지 않는 음악을 연주한다는 말도 했다. 내가 아는 건 공연 시작 전에 매번, 음악의 '음'자도 모르지만 매력적으로 생겼다는 이유로 밴드를 지휘하는 프리츠 헤르만이라는 백인이 그에게 다가가 이렇게 속삭인다는 것이다.

"노베첸토, 제발 정상적인 음으로 연주하시오. 알겠소?"

노베첸토는 고개를 끄덕였고, 잠시 후에 자신의 손에는 눈길 한번 주지 않고 멍하니 정면을 응시하며 악보대로 연주했다. 마치 딴 세상에 있는 사람처럼 보였다. 이제

와 생각하니, 실제로 그는 딴 세상에 살고 있었다. 당시에는 이런 사실을 미처 몰랐고 그저 조금 이상하다고만 생각했다.

폭풍이 한창 몰아치던 그날 밤, 노베첸토는 휴가를 즐기는 신사의 분위기를 풍기면서, 어느 복도에서 길을 잃고 다 죽어가는 얼굴을 하고 있던 나를 발견했다. 그는 나를 보고 웃으며 말했다. "따라와요."

트럼펫을 연주하는 사람이 거센 풍랑을 맞은 배에서 "따라와요"라고 말하는 사람을 만난다면, 트럼펫 연주자가 할 수 있는 일은 하나이다. 따라가는 것. 난 그의 뒤를 따라갔다. 그는 걸어갔다. 난⋯⋯ 그렇지 않았다. 나는 그렇게 태연하지 못했다. 어찌됐든⋯⋯ 우리는 연회장에 도착했고, 예상했듯이 난 이리저리 휘청거렸지만 그의 발밑에는 선로라도 있는 것 같았다. 우리는 피아노 곁에 다다랐다. 돌아다니는 사람은 아무도 없었다. 어두컴컴했고 군데군데 희미한 불빛이 보였다. 노베첸토는 나를 보며 피아노 다리를 가리켰다.

"바퀴 고정쇠를 풀어줘요." 그가 말했다. 배가 심하게 요동치고 서 있기도 힘든데 고정 장치를 풀어놓으라니, 한

마디로 정신 나간 소리였다.

"날 믿는다면, 어서 풀어요."

미친 사람이라고 생각했다. 그리고 난 고정쇠를 풀었다.

"이제 내 옆에 와서 앉아요." 노베첸토가 말했다.

뭘 하려는 건지 알 수 없었다. 도무지 이해할 수가 없었다. 난 거대한 검은색 비누처럼 미끄러지는 피아노를 꼭 붙잡았고…… 절정으로 치닫는 폭풍 속에서—근사한 비누의—의자에 앉아 있는 이 미친 사람까지 가세해서 어처구니없는 상황이 아닐 수 없었다. 건반 위의 손은 안정적이었다.

"지금이 아니면 타고 싶어도 못 탈걸요." 미친 사람이 웃으면서 말했다. *(그는 그네와 공중그네의 중간쯤 되는 기구에 올라탔다.)* "좋아요. 어디 갈 데까지 가봅시다, 오케이? 어차피 잃을 것도 없으니 당신의 그 정신 나간 의자에 한번 타보죠. 앉았어요. 이제 어쩔 거요?"

"겁먹지 마요."

그는 연주를 시작했다.

(피아노 솔로가 시작된다. 왈츠처럼 은은하고 감미롭다. 배우를

태운 피아노가 휘청거리기 시작하고 무대를 휘젓고 다닌다. 배우가 이야기를 이어갈수록 무대 뒤 장막에 닿을 정도로 움직임이 더욱 커진다)

억지로 믿으려 할 필요는 없다. 그런 얘기를 듣는다면 나라도 절대 믿지 않을 것이다. 그렇지만, 우리를 태운 그 피아노가 연회장 마루 위로 미끄러지기 시작했으며 노베첸토는 딴 세상에 있는 듯 건반에서 눈을 떼지 않고 연주했다는 게 사건의 진실이다. 피아노는 파도를 따라 이리저리 움직이다 빙그르르 돌더니 유리벽으로 직진했고 위기일발의 순간에 멈춰서 부드럽게 뒤로 미끄러졌다. 마치 바다가 피아노를, 우리를 흔드는 것 같았고 난 이 상황이 도무지 이해되지 않았다. 노베첸토는 쉼 없이 연주했고 분명 단순히 연주하는 것 이상이었다. 그가 피아노를 운전하고 있었다고 하면 이해가 되려나? 건반으로 음을 내어 그가 원하는 방향으로 피아노를 이끌었다면 말이다. 말도 안 되는 소리 같지만 그랬다. 샹들리에와 소파에 닿을락 말락 하며 테이블 사이를 빙빙 돌던 그 순간 우리가 뭘 하고 있는지, 우리가 하는 게 진정 뭔지 깨달았다. 피아노와 우리, 정신 나간 발레리노들이 찰싹 달라붙어 밤의 황금빛 마루 위에서 음울한 왈츠에 맞춰 바다와 춤추고 있던 것이었다. 오, 예스.

(그의 기구를 타고 즐겁게 무대를 빙글빙글 돌기 시작한다. 그사이 바다는 미쳐 날뛰고 배는 춤추고 피아노 음악은 다양한 효과를 내며 빨라졌다 느려졌다 회전하며 무도회를 '리드'하는 일종의 왈츠를 완성한다. 수차례 묘기를 선보인 후에 조작 실수로 무대 뒤로 사라진다. 음악은 '제동 걸기'를 시도하지만 이미 너무 늦었다. 소리를 지를 시간은 충분했다.

"오, 주여……."

그리고 무대 측면에서 뭔가에 충돌하며 나온다. 유리벽이나 바의 테이블, 응접실이라도 때려 부순 것 같은 굉음이 들린다. 난장판이 따로 없다. 잠시 멈추고 침묵이 흐른다. 그리고 배우는 등장했던 무대 측면으로 천천히 다시 들어간다)

노베첸토는 그 실험에는 개선할 점이 몇 군데 남았다고

말했다. 난 브레이크만 잘 손보면 된다고 했다. 폭풍은 지나갔소. 선장이 말했다(흥분해 소리를 지르며).

"천하에 몹쓸 사람들 같으니, 내 손에 죽기 싫으면 당장 기관실로 가. 마지막 십 원 한 장까지 값을 치르게 해줄 테니. 평생 일해야 할 거야. 반드시 그렇게 해주겠어. 바다를 건넌 최고의 얼간이는 바로 너희야!"

지하 기관실에서 그날 밤 노베첸토와 나는 친구가 되었다. 절친한 친구. 영원토록. 그곳에 있는 내내 우리가 깨부순 것을 모두 돈으로 환산하면 얼마나 될지 계산하며 시간을 보냈다. 금액이 늘어날수록 우리는 더 크게 웃었다. 그때를 떠올리면 그게 바로 행복이었던 것 같다. 아니면 뭐, 그 비슷한 것이라도.

그날 밤 그에게 사람들의 이야기가 진짜인지 물었다. 그, 배에서 태어난 남자 어쩌고 하는 이야기……. 소문이 사실이라면 그는 정말로 단 한 번도 배에서 내린 적이 없는지. 그가 대답했다. "그랬지."

"정말 사실이야?"

그는 진지했다.

"사실이고말고."

난 확신이 없었지만 그 순간 내 안에서 순간적으로, 뜻하지 않은, 이유 모를 전율이 느껴졌다. 두려움의 전율이었다.

두려움.

하루는 노베첸토에게 연주하면서 대체 무슨 생각을 하느냐고 물었다. 그리고 건반 위에서 손가락들이 일사불란하게 움직이는 동안 늘 고개를 정면으로 향하고 어딜 그렇게 뚫어져라 보느냐고도 물었다. 그러자 그가 말했다. "오늘은 정말 아름다운 나라에 갔었어. 여자들의 머리칼에서 좋은 향기가 나고 사방에 불빛이 반짝이고 호랑이들이 가득했지."

그는 여행을 한 것이다.

매번 새로운 곳으로 여행을 다녔다. 런던의 시가지, 시골 한복판의 기차 위, 눈이 허리 높이까지 쌓인 높은 산 위, 그리고 기둥의 개수를 세고 십자가를 직접 보려고 세상에서 가장 큰 교회에도 갔었다. 그는 여행을 했다. 그가 어떻게 교회와 눈, 호랑이를 알고 있는지 이해가 되지 않았다. 내 말은 그 배에서, 결코 단 한 번도 내려온 적이 없는데…… 헛소문이 아니라 전부 사실이었다. 그는 내린 적이 없다. 그런데 마치 그 모든 것을 직접 본 듯했다. 노베첸토는 그런 사람이었다. 누가 "파리에 갔을 때"라고 말하면 그는 이런저런 정원에 가봤는지, 그 레스토랑에서 식사를 해봤는지 물었다. 그는 모르는 게 없었고 이렇게 말하곤 했다. "난 퐁네프 다리를 거닐면서 노을이 지기를 기다리고, 바지선이 지나갈 때 잠시 멈춰 내려다보고 손을 흔들어 인사하는 게 좋아."

"노베첸토, 자네 혹시 파리에 가본 거야?"

"아니."

"그런데……."

"음…… 가봤지."

"어디를?"

"파리 말야."

그가 미쳤다고 생각할 수도 있다. 하지만 그리 간단히 말할 수 있는 게 아니다. 누군가 여름철에 비가 막 그친 버담 스트리트에서 어떤 냄새가 나는지 정확하게 묘사한다면, 그가 버담 스트리트에 가본 적이 없다는 바보 같은 이유로 그를 미쳤다고 판단할 수 없을 것이다. 누군가의 눈 속에서, 누군가의 말 속에서 실제로 그는 그런 공기를 들이마신 것이다. 그 나름의 방식으로, 진짜로. 어쩌면 그는 세상을 본 적이 없을지도 모른다. 27년 동안 세상은 그 배를 스쳐 지나갔고 그는 27년째 배에서 세상을 엿보았다. 그리고 세상은 그의 마음을 훔쳤다.

그는 이런 면에서 두말할 필요 없는 천재였다. 들을 줄 알았고 읽을 줄 알았다. 책이 아니라 사람을. 그는 사람들을…… 그들이 가진 흔적, 장소, 소리, 냄새, 그들의 땅, 그들의 이야기를 읽을 줄 알았다. 사람들에게 이 모든 것이 쓰여 있다. 그는 집중해서 이런 것들을 읽고 분류하고 배열하고 정리했다……. 자신의 머릿속에 그려나가는 광활한 지도에 매일 작은 조각을 끼워넣었다. 그것은 이 세상, 온 세상의 지도였고 끝에서 끝까지 거대한 도시와 작은 카페들, 긴 강, 물웅덩이, 비행기, 호랑이들로 가득한 멋진 지도였다. 래그타임의 그루브를 어루만지며 손가락이 미끄러지듯 건반을 활보하는 동안 그는 황홀한 여행을 즐겼다.

(오디오에서 우울한 래그타임이 흘러나온다)

어느 날 마침내 용기를 내서 그에게 물었다. 그걸 묻기까지 여러 해가 걸렸다. 노베첸토, 단 한 번이면 되는데, 어째서 그 한 번을 내려가지 않는 거야, 자네 눈으로 직접 세상을 볼 수 있잖아. 퐁네프 다리에서 바지선을 볼 수 있고, 원하는 걸 할 수도 있잖아. 자네의 피아노 실력은 천부적이라고. 사람들은 연주에 열광할 거고 그러면 떼돈을 벌 수 있어. 좋은 집도 사고, 원하면 집을 배 모양으로 지을 수도 있을 텐데 뭐가 문제야? 호랑이가 득실대는 곳이든 버담 스트리트이든 자네가 원하는 곳에서 살 수 있는데…… 어째서 이 움직이는 감옥에 갇혀 지내는 거야? 하느님 맙소사, 계속 이렇게 바다를 오가며 바보처럼 살 수는 없잖아…… 자네는 바보가 아닌데, 자넨 위대한 사람이야. 세상이 바로 저기 있다고. 빌어먹을 저 계단만 내려가면 되는데 뭐가 그리 어렵다고, 겨우 몇 계단만 내려가면 완전히 딴 세상인데, 다른 세상이라고. 여길 청산하고 내려가지 않는 이유가 대체 뭔가. 딱 한 번만. 그 한 번도 힘든가.

노베첸토…… 대체 왜 내리지 않는 거야?

왜?

왜?

여름이 되었다. 1931년 여름, '젤리 롤 모턴'이 *버지니아 호*에 올랐다. 손가락에 커다란 다이아몬드 반지를 끼고 모자까지 모두 순백색으로 빼입었다.

그는 콘서트를 알리는 포스터에 이렇게 쓰는 사람이었다. 오늘 저녁, 재즈의 창시자, 젤리 롤 모턴. 그냥 하는 말이 아니었다. 진짜로 자신이 재즈의 창시자라 믿었다. 그는 피아니스트였다.

그는 항상 15도 정도 몸을 비스듬히 틀어 피아노 앞에 앉았고 두 손은 나비 같았다. 아주 가벼운 나비. 그는 뉴올리언스 사창가에서 연주를 시작했고 그곳에서 건반을 사뿐사뿐 두드리고 선율을 어루만지는 법을 배웠다. 위층에서 사랑을 나누는 사람들은 정신 사납게 하는 소음을 원치 않았다. 자신들이 하는 일을 방해하지 않고 커튼 뒤로, 침대 아래로 스르르 녹아내리는 음악을 원했다. 그는 그곳에서 그런 음악을 했다. 그 부분에 있어서는 그가 최고였다.

　어느 날, 어디선가, 누군가 그에게 노베첸토 이야기를
했다. 이런 식으로 말했을 것이 틀림없다. 그자는 최고예
요. 세계 최고의 피아니스트예요. 말도 안 되는 것 같지만
일어날 법한 일이었다. *버지니아* 호를 떠나서는 손가락
하나 까딱한 적 없는 노베첸토였다. 그러나 그는 당시 나
름 유명 인사였고 작은 전설이었다. 배에서 내린 사람들
은 이상한 음악과 손이 네 개가 달린 듯 수십 개의 음을
만들어내는 피아니스트에 대해 떠들었다. 별난 이야기가
나돌기도 했는데, 그중에는 실화도 있었다. 이를테면, 미
국의 상원의원 윌슨이 여행하는 내내 줄곧 삼등실에 있
었다는 그런 이야기. 노베첸토가 정상적인 음계가 아닌
정상적이지 않은 자신만의 음계로 연주한 곳이 바로 삼
등실이었기 때문이다. 지하 삼등실에 피아노 한 대가 있
었고, 노베첸토는 오후나 밤늦게 그곳에 가곤 했다. 처음
에는 듣는 일에만 집중했다. 사람들이 그가 아는 노래를
불러주길 원했고, 이따금 누군가 기타나 하모니카 등 뭔
가를 꺼내 들고 출처 모를 음악을 연주하기 시작했고……
노베첸토는 그 음악에 귀를 기울였다. 그러고는 사람들이

노래하고 연주하는 동안 살며시 건반을 건드리기 시작했고 천천히 건반을 두드리자 진짜 연주로 바뀌어 피아노에서—검은색 버티컬 피아노에서—소리가 흘러나왔다. 다른 세상의 소리였다. 그 안에 모든 게 담겨 있었다. 지구상의 모든 음악이 한꺼번에 들어 있었다. 귀가 번쩍 뜨일 만한 것이 있었다. 윌슨 상원의원은 그 음악을 듣고 놀라움을 감추지 못했고, 그가 삼등실에 있었다는 소문 말고도, 다시 말해 슈트 차림으로 악취를 맡으며, 정말로 악취가 진동하는 곳이었는데, 어쨌든 그런 곳에 있었다는 것 말고도 목적지에 도착했을 때 그를 억지로 끌어내려야 했다는 후문도 있었다. 만약 그대로 됐다면 노베첸토의 연주를 들으며 그 배에서 보낼 게 뻔했다. 정말이다. 신문에 그런 기사가 났고 사실이었다. 실제 있었던 일이다.

한편, 누군가 젤리 롤 모턴에게 가서 그 배에 피아노로 못하는 게 없는 사람이 있다고 말했다. 재즈가 생각나면 재즈를 연주하고, 재즈가 내키지 않으면 다른 것을 연주했는데, 열 가지의 재즈를 모아놓은 듯했다고. 젤리 롤 모턴은 누구나 알 만큼 성질깨나 있는 사람이었다. 그가 말했다. "배에서 내려올 배짱도 없는 사람이 연주를 하면 얼마나 하겠어?"재즈의 창시자는 정신 나간 사람처럼 비웃었다. 누군가 끼어들지 않았으면 그렇게 넘어갈 일이었다. "지금이야 웃을 수 있겠죠. 그가 육지로 내려오기로 마음만 먹는다면 당신은 사창가로 돌아가야 할 거요. 장담하건대, 다시 사창가로 밀려날 거요."젤리 롤은 웃음을 멈추고 주머니에서 손잡이가 진주로 된 권총을 꺼내 남자의 머리에 겨누었다. 쏘지는 않고 이렇게 말했다. "그 망할 놈의 배는 어디 가면 볼 수 있나?"

그의 머릿속에 떠오른 생각은 대결이었다. 당시 자주 있던 일이다. 화려한 연주 실력을 겨뤄서 최종적으로 한 명이 이기는 대결 말이다. 음악가들이 우열을 가리는 방식이었다. 피를 보진 않고 어느 정도의 증오만 생길 뿐이다. 피부로 느껴지는 진정한 증오. 선율과 술이 함께한다. 밤새 이어질 수도 있다. 그게 바로 바다 위의 피아니스트 이야기와 그 헛소문에 종지부를 찍기 위한 젤리 롤의 묘책이었다. 끝장내버리려는 계획. 문제는, 노베첸토는 항구에서는 연주한 적이 없고, 원하지도 않는다는 것이었다. 항구는 어찌 보면 육지와 다름없어서 내키지 않아했다. 그는 그가 원하는 곳에서 연주했다. 그가 원한 곳은 육지가 아득한 불빛이나 기억, 희망으로 바뀌는 바다 한가운데였다. 그는 그런 사람이었다. 젤리 롤 모턴은 수천 번 악담을 퍼부은 후 유럽행 왕복 티켓을 끊어 버지니아 호에 올랐다. 미시시피를 오가는 배가 아니면 발을 디뎌본 적 없는 그였다. "여태껏 살면서 내가 한 일 중 가장 바보 같은 짓이오"라고 중간중간 험한 욕설을 섞어가며 보스턴 항구의 14번 부두에서 그를 맞이하는 기자들에게 말했다. 그러고는 선실에 갇혀서 육지가 아득한 불빛이 되고 기억이 되고 희망으로 변하기를 기다렸다.

노베첸토. 그는 별 관심이 없었다. 제대로 이해하지도 못했다. 대결? 왜? 궁금하기는 했다. 재즈의 창시자는 어떻게 연주하는지 들어보고 싶었다. 농담이 아니라 노베첸토는 그가 정말로 재즈의 창시자라고 믿었다. 뭔가를 배우고 싶은 마음이 있었던 것 같다. 뭔가 새로운 것. 그는 그런 사람이었다. 그는 경주의 의미도 모르고, 누가 이기고 지든 승부에는 관심이 없던 늙은 대니와 닮았다. 그의 마음을 사로잡은 것은 승패가 아닌 그 외의 것이었다. 나머지 전부.

항해 둘째 날 21시 37분, 20노트로 유럽으로 향하는 버지니아 호에서 젤리 롤 모턴은 일등실의 연회장에 검은색 슈트를 차려입고 모습을 드러냈다. 무슨 일이 벌어질지 모두가 익히 알고 있었다. 춤추던 사람들은 춤을 멈추고 우리 밴드는 악기를 내려놓았으며 바텐더는 위스키 한 잔을 따르고 사람들은 침묵을 지켰다. 젤리 롤은 위스키 잔을 들고 피아노 근처로 다가가 노베첸토의 눈을 바라보았다. 아무 말도 하지 않았지만 "비키시오"라고 말하는 듯한 기운이 느껴졌다.

노베첸토는 자리에서 일어났다.

"당신이 바로 재즈를 창시한 사람이군요. 그렇죠?"

"그렇소. 그렇다면 당신은 바다가 엉덩이 밑에 있어야만 연주하는 사람이군요. 그렇죠?"

"그렇습니다."

그들은 서로를 소개했다. 젤리 롤은 담배 한 개비에 불을 붙였고 피아노 모서리에 아슬아슬하게 걸쳐두고는 자리에 앉아 연주를 시작했다. 래그타임. 생전 처음 들어보는 것이었다. 연주하는 것이 아니라 미끄러지는 듯했다. 여자의 몸에서 실크 슬립이 스르르 흘러내리는 것 같고, 춤추며 미끄러져 내리는 것 같았다. 그 음악에 미국의 사창가가 전부 담겨 있었다. 의류 보관소 직원마저도 미모가 빼어난 고급 사창가 말이다. 젤리 롤은 대리석 바닥에 진주가 쏟아지듯 건반 끝에서 더 높이 더 높이, 보이지 않는 음들을 수놓으며 연주를 마쳤다. 담배는 변함없이 피아노 모서리에 놓여 있었다. 반쯤 탔지만 재는 그대로 붙어 있었다. 소리가 날까 봐 떨어지지 않으려 했나 보지. 젤리 롤은 내가 나비 같다고 말했던 손가락 사이에 그 담배를 끼워 들었고, 담뱃재는 떨어질 생각을 하지 않았다. 어쩌면 속임수를 쓴 건지도 모르지만 틀림없이 꿈쩍도 않고 붙어 있었다. 재즈의 창시자는 자리에서 일어나 노베첸토에게 다가갔고 그의 코밑에 가지런히 재가 붙어 있는 담배를 가져다 대고 말했다.

"당신 차례요, 선원 양반."

노베첸토는 미소 지었다. 즐기고 있었다. 정말로. 그는 피아노 앞에 앉아서 그가 할 수 있는 가장 우스운 짓을 했다. 그는 '돌아와요, 아빠'를 연주했다. 어이없기 짝이 없는 노래였다. 몇 년 전 어떤 이민자가 부르는 것을 들은 후 줄곧 그의 가슴속에 간직하고 있던 동요였다. 그 곡을 왜 그리 좋아하는지는 잘 모르겠지만 꽤나 감동받은 것 같았다. 물론 그걸 화려한 연주라고 부르기에는 무리가 있었다. 마음만 먹으면 나도 연주할 수 있을 정도였으니까. 그는 저음으로 연주하며 몇 마디를 중복하고 두세 개의 플러리시*를 얹었다. 그렇다 한들 우스꽝스러운 짓에 불과했다. 어처구니없는 짓. 젤리 롤은 크리스마스 선물을 도둑맞은 사람의 얼굴이 되었다. 그는 늑대의 눈빛으로 노베첸토를 노려보고 다시 피아노 앞에 앉았다. 그런 다음 독일 기관사도 눈물짓게 한 블루스 연주를 마쳤다. 세상의 모든 흑인들이 딴 목화가 전부 거기 모인 듯했고, 그가 건반을 두드려 끌어모으는 듯했다. 무아지경에 빠져들게 하는 연주였다. 모두가 기립하고 코를 훌쩍거리며 박수갈채를 보냈다. 젤리 롤은 머리를 숙여 답례하지도 않았다. 무반응이었다. 이런 대접이라면 지겹도록 받은 모양이었다.

다시 노베첸토의 차례가 되었다. 벌써부터 예감이 좋지 않았다. 그는 블루스의 감동으로 눈에 눈물이 그렁그렁해진 채 피아노 앞에 앉았다. 누가 봐도 감동받은 모습이었

---

* 꾸밈음 등으로 화려하게 꾸며진 프레이즈.

다. 정말이지 어처구니가 없었다. 그의 머릿속에 들어 있고 손에 익은 곡을 놔두고 떠오른 생각이 고작 이거란 말인가? 방금 전에 들었던 블루스였다. "아름답기 그지없더라." 다음 날 합리화한답시고 그가 한 말이었다. 알다가도 모를 일이다. 그는 대결이 뭔지도 몰랐다. 전혀 이해하지 못했다. 그 블루스를 연주하다니. 그게 끝이 아니라 그의 머릿속에서 아주 느린 코드로 바뀌었는데 음들이 차례로 행렬하듯 지독히 따분한 연주였다. 그는 몸을 한껏 웅크리고 건반을 두드렸고 이상하다 못해 불협화음인 그 음정들을 하나하나 즐겼다. 정말 그랬다. 하지만 다른 사람들은 달랐다. 연주가 끝나자 야유가 쏟아졌다.

그 순간 젤리 롤 모턴의 인내심이 결국 바닥을 드러냈다. 그는 피아노로 갔다기보다 뛰어들었다고 해야겠다. 혼잣말이었지만 모두에게 들리게, 아주 또렷하게 몇 마디를 중얼거렸다.

"얼간이 주제에, 가서 엄마 젖이나 더 먹고 오지그래."

그러고는 연주를 시작했다. 연주한다는 말로는 충분하지 않았다. 그것은 마술이고 곡예였다. 88개의 건반으로할 수 있는 것은 다 했다. 가공할 만한 빠르기였다. 단 하나의 음도 틀리지 않고 얼굴 근육 하나 떨리지 않았다. 가히 놀라웠다. 사람들은 넋을 잃었다. 처음 보는 광경에 환호하고 박수갈채를 보냈다. 새해라도 된 듯 한바탕 소란이 일었다. 그 혼란 속에서 난 노베첸토를 보았다. 그는 세상에서 가장 좌절한 이의 얼굴을 하고 있었다. 조금 놀라기는 한 모양이었다. 그가 나를 보고 말했다.

"이거 정말 시시하군⋯⋯."

난 대답하지 않았다. 대꾸할 말도 생각나지 않았다. 그는 나를 향해 몸을 숙이더니 말했다.

"담배 한 개비만 줘, 어서⋯⋯."

나는 어리둥절해하며 얼떨결에 담배 한 개비를 꺼내서 그에게 건넸다. 그가 담배를 피우지 않는다는 걸 알기에 당혹스러웠다. 담배를 피워본 적도 없는 사람이 담배를 들고 피아노 앞에 앉았다. 연회장에 있던 사람들은 그가 피아노 앞에 앉았다는 것도 연주를 하려 한다는 사실도 뒤늦게 알아차렸다. 거침없는 농담과 비웃음, 야유가 튀어나왔다. 사람들은 그렇게 패자에게는 자비를 일절 허락하지 않았다. 노베첸토는 인내심을 갖고 소란이 잦아들기를 기다렸다. 그는 바에 서서 샴페인을 마시는 젤리 롤을 힐끗 보았고 침착하게 말했다.

"당신이 자초한 거예요, 빌어먹을 피아니스트 씨."

그러고는 내가 준 담배를 피아노 모서리에 걸쳐놓았다.

불을 붙이지 않은 담배.

그리고 연주를 시작했다.

(오디오에서 네 개의 손으로 연주하는 것 같은 숨이 막힐 정도로 아름다운 연주가 흘러나온다. 30분을 넘지 않는다. 매우 강렬한 코드 진행으로 마무리된다. 배우는 연주가 끝나기를 기다렸다가 다시 연기를 시작한다)

그랬다.

청중은 숨 죽이고 연주를 감상했다. 모두 숨이 멎은 듯했다. 시선은 피아노에 고정한 채 영락없는 바보처럼 입을 떡 벌리고 있었다. 백 개의 손으로 연주한 듯하고 당장이라도 피아노가 터져버릴 것 같았던 그 폭발적인 코드 진행이 끝난 후에도 사람들은 여전히 말을 잇지 못했고 완전히 넋이 나가버렸다. 그 믿기지 않는 정적 속에 노베첸토는 자리에서 일어나 담배를 들었고 건반 너머로 쑥

57

내밀어 피아노 현에 가져다 댔다.

지지직

담배를 들어 올리니 불이 붙어 있었다.

정말로.

활활 탄다.

노베첸토는 작은 초라도 되는 듯 담배를 손에 들었다. 담배를 피워본 적이 없으니 손가락 사이에 끼우는 법도 모르는 게 당연했다. 몇 걸음 뒤에 젤리 롤 모턴 앞에 멈췄다. 그에게 담배를 물려주었다.

"당신이 피우세요. 난 피울 줄 몰라요."

바로 그 순간 사람들은 마법에서 풀려났다. 박수와 환호가 쏟아져 절정에 다다랐고 혼란 그 자체이며, 정말이지, 처음 보는 광경이었다. 사람들은 너나 할 것 없이 환호성을 질렀고 노베첸토에게 다가가려 했다. 아수라장이 따로 없었고 어떻게 된 일인지 어안이 벙벙했다. 그때 그가 보였다, 저쪽 한가운데에 젤리 롤 모턴이 불편한 심기를 드러내며 그 담배를 피우고 있는 게 아닌가. 딴청 피울 것을 찾지만 마땅치 않은 모양이다. 어디를 봐야 할지조차 모르는 눈치였고 한순간 나비 같았던 그의 손이 떨리기 시작했다. 분명 떨리는 게 똑똑히 보였고 그 장면은 결코 기억에서 지워지지 않을 것 같았다. 어찌나 심하게 떨리는지 어느 틈엔가 담뱃재가 뚝 떨어졌다. 그의 검은색 슈트 위로 떨어진 담뱃재는 데구르르 굴러 오른쪽 발, 반짝거리는 검은색 에나멜 구두 위에 안착했다. 그 담뱃재는 마치 하얀 먼지버섯 같았고, 그 장면이 생생히 기억나는데, 신발, 에나멜, 담뱃재를 내려다본 그는 인정할 것을 인정한 듯, 천천히 뒤로 돌아 구두 위의 재가 떨어지지 않을 정도로 조심스럽게 한 발 한 발 걸어갔다. 그는 흰 먼지버섯이 묻은 검은 에나멜 구두를 신고 연회장을 가로질러 사라졌다. 승자가 나왔고, 자신이 그 승자는 아니라는 증거를 품고 그는 떠났다.

젤리 롤 모턴은 남은 여정 내내 자신의 선실에 틀어박혀서 나오지 않았다. 그런 다음 사우샘프턴에 도착해 버지니아 호에서 내렸다. 다음 날 미국으로 떠났다. 물론 다른 배를 타고. 그는 이제 노베첸토와 그와 관련된 모든 일에 엮이고 싶지 않았다. 그저 미국으로 돌아가고 싶을 뿐이었다.

노베첸토는 삼등실 뱃전에 기댄 채, 흰 옷을 입은 그가 멋진 가죽 가방들을 들고 하선하는 모습을 지켜보았다. 그리고 딱 이 한마디를 했던 것으로 기억한다.

"염병할 재즈."

리버풀 뉴욕 리버풀 리우데자네이루 보스턴 코크* 리스본 칠레산티아고 리우데자네이루 앤틸리스 제도 뉴욕 리버풀 보스턴 리버풀 함부르크 뉴욕 제노바 플로리다 리우데자네이루 플로리다 뉴욕 제노바 리스본 리우데자네이루 리버풀 리우데자네이루 리버풀 뉴욕 코크 셰르부르 밴쿠버 셰르부르 코크 보스턴 리버풀 리우데자네이루 뉴욕 리버풀 칠레산티아고 뉴욕 리버풀, 바다 바로 한가운데. 그리고 바로 그 시점에 그림이 떨어졌다.

그림 사건은 항상 내 뇌리에 강렬하게 남아 있었다. 그림들은 아무 일 없이, 다시 말해 아래로 뚝 떨어지지 않고 수년 동안 벽에 걸려 있다. 그림들은 못에 걸려 있다가 어떠한 계기도 없이 어느 순간 돌처럼 툭 하고 떨어진

---

* 프랑스 서북부의 항구 도시.

다. 파리 한 마리 날아다니지 않고 주변에 미동도 없는 고요한 적막 속에 그림들이 툭. 아무 이유도 없다. 어째서 바로 그 순간에? 모를 일이다. 툭. 무슨 일이 있었기에 못이 더 버티지 못한 걸까? 가엾은 못에도 영혼이 있는 걸까? 무슨 결단이라도 내린 걸까? 못은 그림과 오랫동안 의논했고, 확실한 방법이 떠오르지 않아 몇 년간, 매일 밤마다 상의한 끝에 날짜와 시, 분, 초를 정했고, 그 결과 툭. 이게 아니라면 그들은 어쩌면 애초에 알고 있었는지도 모른다. 모두 계획된 것이었으리라, 이봐, 난 7년 뒤에 떨어질 걸세. 알겠네, 좋아, 그러면 5월 13일로 하세. 6시경, 5시 45분이 좋겠어. 알겠네, 그럼 잘 자게, 안녕. 그리고 7년 후, 5월 13일, 5시 45분, 툭. 아무도 알 길이 없다. 아예 생각하지 않는 편이 낫다. 계속 생각하다가는 정신이 나가버릴지도 모른다. 그림이 떨어질 때. 어느 날 아침, 눈을 떠보니 더 이상 그녀를 사랑하지 않을 때. 신문을 펼쳤는데 전쟁이 일어났다는 기사가 눈에 들어왔을 때. 기차를 보자 떠나고 싶다는 생각이 들 때. 거울에 비친 자신의 모습이 늙었다는 것을 깨달았을 때. 바다 한가운데에서 노베첸토가 접시에서 시선을 떼고 내게 이렇게 말했을 때. "사흘 뒤 뉴욕에 도착하면 배에서 내릴 거야."

놀라서 말문이 막히겠지.

툭.

그림에게 물어볼 수도 없는 일이다. 하지만 노베첸토에
게는 물어볼 수 있다. 얼마간 그를 방해하지 않고 있다가
닦달하기 시작했다. 알고 싶었다. 이유가 하나는 있을 테
니까. 32년이나 계속 한 배에서 살 수 없는 노릇이니, 어
느 날 갑자기 아무 일 없다는 듯 가장 친한 벗에게 이유도
밝히지 않고 아무 말 없이 배에서 내린다고 한다.

"저 아래에서 봐야 할 게 있어." 그가 내게 말했다.

"뭘 말이야?" 그는 말하려 하지 않았지만 결국 그게 뭔
지 알았다. 그가 말한 것은.

"바다."

"바다?"

"바다."

이럴 수는 없다. 다른 건 다 이해해도 이건 아니다. 믿을
수 없었다. 사람을 놀리는 건지. 믿기지 않았다. 황당하기
짝이 없는 말이었다.

"바다라면 벌써 32년째 보고 있잖아."

"여기에서는 그렇지. 난 저기에서 바다를 보고 싶어. 그건 다르거든."

맙소사. 어린아이와 대화하는 기분이었다.

"그래 좋아. 항구에 도착할 때까지 기다려. 그다음에 몸을 내밀고 바다를 잘 봐. 여기나 거기나 똑같을 거야."

"달라."

"대체 누가 그러던가?"

그에게 그런 말을 한 사람은 바스터 린 바스터라는 농부였다. 그는 40년을 노새처럼 일하고 보이는 거라곤 논밭밖에 없는 곳에 살며, 장날에 몇 마일 떨어진 대도시를 두어 번 가본 게 전부인 사람이었다. 그러다 가뭄이 들어 그에게서 모든 것을 앗아가버렸다. 그의 아내는 그를 버리고 어떤 전도사를 따라 떠났고, 열병이 돌아 자식 둘은 목숨을 잃었다. 이런 운명을 타고난 사람이었다. 그래서 어느 날 그는 런던으로 가겠다고 결심하고 짐을 챙겨 길을 나섰고, 영국의 이곳저곳을 하염없이 걸었다. 그러나 런던으로 가는 길을 알 턱이 없었기에 런던은 고사하고 아무것도 없이 휑한 작은 마을에 도착했다. 그 길로 계속 가다 두 번의 굽이를 넘고 언덕을 돌아가자 생각지도 못한 바다가 눈앞에 떡하니 나타났다. 생전 처음 본 바다였다. 바다를 보고 넋이 나갔다. 사실인지 모르겠지만 바다가 자신을 살렸다고 말했다. "거대한 외침 같았어요. 바다는 이렇게 외쳤지요, '아내가 다른 사내와 바람을 피운 동지들이여, 인생은 광대하다오. 알겠소? 광대하단 말이오.'" 린 바스터는 미처 생각지 못한 것이었다. 단 한 번도 생각이 거기까지 미친 적이 없었다. 그의 머릿속에서 혁명이 일어난 듯했다.

어쩌면 노베첸토, 그에게도…… 인생은 광대하다는, 이런 생각이 떠오른 적이 없었는지도 모른다. 어쩌면 막연히 짐작하고 있었을지도 모르지만, 누구도 그에게 그런 식으로 말해준 사람이 없었다. 그렇게 바스터에게 바다 이야기 전부를 여러 번 듣고 나서 마침내 자신도 시도하리라 결심한 것이다. 그가 내게 설명을 시작했을 때 마치 내연 기관의 원리를 설명하는 사람 같았다. 체계적이었다. "난 여기서 몇십 년도 더 살 수 있지만 바다는 내게 아무 말도 해주지 않겠지. 이제 내려가서 몇 년간 육지에서 살면서 평범한 사람이 되려고 해. 그런 다음 어느 날 떠날 거야. 어느 해안이든 가서 눈을 들고 바다를 볼 거야. 그리고 거기에서 바다가 외치는 소리를 들을 거야."

체계적이었다. 최고로 체계적인 헛소리가 아닐 수 없었다. 그에게 그렇게 말할까도 했지만 참았다. 그리 간단한 문제가 아니었다. 난 누구보다 노베첸토를 아꼈고 하루라도 빨리 그가 배에서 내려 육지에 사는 사람들 앞에서 연주하고 좋은 여자와 결혼해 자식을 낳고 살면서 할 수 있는 모든 것을 해보길 원했다. 어쩌면 인생은 광대하지 않을 수도 있지만, 운이 따르거나 의지가 있다면 아름답기도 한 게 인생이다. 결과적으로 그 바다 이야기는 정말 허튼 소리 같았지만 노베첸토를 배에서 내리게만 해준다면야 나쁠 건 없다고 생각했다. 나중에는 결국 그리 되는 게 낫겠다 싶었다. 난 그의 논리가 흠잡을 데 없다고 말했다. 그렇게 말하길 정말 잘했다 싶다. 그에게 내가 입던 캐멀 코트도 선물했다. 캐멀 코트를 입고 계단을 내려가면 시선을 한몸에 받겠지. 그는 조금 들떠 있었다.

"나를 만나러 올 거지? 육지로……."

맙소사, 돌덩이가 목에 걸린 듯했다. 그의 말이 돌덩이처럼 내 숨통을 틀어막았다. 난 작별 인사라면 질색이라 애써 웃기 시작했지만 가슴 아픈 일이다. 나는 당연히 만나러 가겠다고 했고, 우리는 들판에 개를 풀어놓고 아내는 칠면조 요리를 하겠지, 하며 시답잖은 얘기들을 했다. 그도 웃고 나도 웃었지만 속으론 우리 둘 다 진실은 다르다는 걸 알고 있었다. 진실은 모든 것이 끝이 보이고 있으며 더는 할 게 없다는 것이었다. 일어나야 했던 일이 이제야 일어나고 있었다. 대니 부드먼 T.D. 레몬 노베첸토는 2월 어느 날, 뉴욕 항구에 도착하면 버지니아 호에서 내릴 것이다. 32년을 바다 위에서 살다가 바다를 보려고 육지에 발을 디딜 것이었다.

(오래된 발라드 음악이 흘러나온다. 배우는 어둠 속으로 사라지고 증기선의 탑승 사다리 맨 꼭대기에서 노베첸토의 차림새를 하고 다시 나타난다. 캐멀 코트, 모자, 큰 가방. 잠시 그 위에서 바람을 맞으며 가만히 정면을 응시한다. 뉴욕을 바라본다. 잠시 후 첫 번째, 두 번째, 세 번째 계단을 내려온다. 그때 음악이 뚝 끊기고 노베첸토는 그 자리에 멈춘다. 배우는 모자를 벗고 청중을 향해 몸을 돌린다)

그는 세 번째 계단에서 걸음을 멈췄다. 갑자기.

"무슨 일이지? 똥이라도 밟았나?" 닐 오코너가 말했다. 그는 아일랜드 사람으로, 이해력이라곤 눈을 씻고 찾아봐도 없었지만 늘 기분이 좋은 사람이었다.

"뭔가 깜빡했나 보군요." 내가 말했다.

"뭘요?"

"내가 어떻게 알겠어요……."

"지금 배에서 내리고 있다는 것을 깜빡한 걸지도 모르죠."

"말도 안 되는 소리 마세요."

그사이 그는 한 발은 두 번째 계단에, 다른 한 발은 세 번째 계단에 둔 채 멈춰 서 있었다. 그는 그렇게 멈춰 서서 한동안 그대로 있었다. 그는 정면을 응시했고 뭔가를 찾는 듯했다. 그러다 이상한 행동을 보였다. 모자를 벗어서 사다리 계단의 난간 밖으로 손을 뻗고는 그대로 떨어뜨렸다. 지친 새 같기도 하고 날개 달린 푸른색 오믈렛 같기도 했다. 공중에서 빙그르르 몇 번을 회전하다가 바다에 떨어졌다. 둥둥 떠 있었다. 오믈렛이 아닌 새가 분명했다. 우리가 다시 눈을 사다리 쪽으로 향했을 때 캐멀 코트,

내 캐멀 코트를 입은 노베첸토가 얼굴에 야릇한 미소를 머금은 채 세상을 등지고, 내려온 계단을 다시 올라오는 것이 보였다. 두 걸음 뒤에 그는 배 안으로 사라졌다.

"봤는가? 피아니스트가 새로 왔어." 닐 오코너가 말했다.
"듣자 하니 최고라던데." 내가 말했다. 내가 슬픈 건지 미칠 듯이 행복한 건지 갈피를 잡을 수 없었다.

그는 세 번째 계단에서 대체 뭘 본 건지 내게 말하려 하지 않았다. 그날 이후 두 번의 여행 내내 노베첸토는 이상했고 평소보다 말수가 적었고 개인적인 일로 무척 바빠 보였다. 우리는 질문이란 걸 하지 않았다. 그는 아무렇지 않은 척했다. 평소와 다른 게 확연히 느껴졌지만 어쨌든 아무것도 묻고 싶지 않았다. 그렇게 몇 달이 흘렀다. 어느 날 노베첸토가 내가 있는 선실로 찾아와 느릿느릿, 하지만 쉬지 않고 말했다. "코트 빌려줘서 고마워, 끝내주게 잘 맞던걸. 이렇게 돼서 유감이야, 우스운 꼴을 보였어. 그런데 이제 훨씬 나아졌어. 다 지난 일이야. 내가 불행할 거라는 생각은 하지 마, 절대 그럴 일은 없을 거야."

그가 그런 적이, 불행했던 적이 있기는 했는지 의문이다. 그는 행복한지 어떤지 궁금증을 자아내는 그런 사람이 아니었다. 그는 노베첸토이고 그 이상은 아니다. 그가 행복이나 고통과 관련이 있을 거라는 생각이 든 적은 없었다. 이 모든 것을 초월한 것 같았고 무엇과도 상관없는 사람 같았다. 그와 그의 음악 말고 나머지는 중요하지 않았다.

"내가 불행할 거라는 생각은 마. 절대 그럴 일 없을 거야." 그의 이 말이 나를 당혹스럽게 했다. 이렇게 말할 때의 그는 농담이라곤 모르는 사람의 얼굴이었다. 어디로 가는 건지 종착점이 어디인지 정확히 알고 있는 그런 사람. 피아노 앞에 앉아서 연주를 시작할 때와 같은 모습이었다. 손놀림에 망설임이 없고 건반들은 오래전부터 그음들을 기다리고 있었다는 듯, 마치 그 음들을 내려고, 오직 그것들을 위해서 처음부터 거기 있었던 듯 말이다. 그때그때 순간적으로 만들어진 것 같지만 그의 머릿속 어디엔가 그 음들은 오래전부터 아로새겨져 있었다.

그날 노베첸토는 인생의 흑백 건반 앞에 앉아서 터무니없지만 천재적인, 복잡하지만 아름다운, 지상 최대의 위대한 음악을 연주하리라 결심했다는 걸 이제야 깨달았다. 그 음악에 맞춰서 그에게 남은 세월이 춤추었을 것이다. 그리고 결코 불행하지 않았을 것이다.

1933년 8월 21일, 나는 버지니아 호에서 내렸다. 배에 올랐던 게 6년 전이었지만 까마득한 시간이 지난 듯했다. 하루나 일주일 동안 잠깐 내려온 게 아니라 완전히 내려온 것이다. 하선증과 미지급 급여, 모든 것을 챙겨서 하선했다. 모든 게 합법적이었고 바다와의 연을 마무리했다.

그런 생활이 싫었던 것은 아니다. 겨우 입에 풀칠하며 살아가는 별난 방식이긴 했지만 그런대로 괜찮았다. 다만, 앞으로도 쭉 이렇게 살아갈 수 있을지 확신이 없었던 것뿐이다. 트럼펫을 부는 사람이…… 바다에서 트럼펫을 연주한다면, 평생 이방인으로 살게 될 것이다. 그렇다면 당장 고향으로 돌아가는 게 맞다. 하루빨리 떠나는 게 낫다고 생각했다.

"하루라도 빨리 가는 게 좋겠어." 노베첸토에게 말했다. 그는 이해했다. 영원히 내가 그 사다리를 내려가는 것을 보지 않기를 바랐던 게 눈에 훤했지만 그는 내게 아무 말도 하지 않았다. 그게 나았다. 마지막 날 밤, 우리는 평소처럼 멍청한 일등실 사람들을 위해 연주하고 있었고, 내 솔로 파트가 되었다. 연주를 시작하고 얼마 후 내 연주를 따라 저음으로 부드럽게 흐르는 피아노 선율이 들려왔다. 노베첸토가 내 트럼펫에 맞춰서 연주하고 있었다. 우리는 함께 연주를 이어갔고 난 어느 때보다 최선을 다했다. 내가 루이 암스트롱은 아니었지만 노베첸토가 그의 방식대로 보조를 맞춰준 덕분에 최상의 연주를 선보였다. 잠시 둘만의 연주가 허락되었고, 나의 트럼펫과 그의 피아노는 그렇게 말로 표현할 수 없는 모든 것을 이야기했다. 사람들은 춤추기 시작했고 아무런 눈치도 채지 못했다. 알아차릴 리가 없었고 아무 일 없는 듯 계속해서 춤추었다. 어쩌면 누군가 옆 사람에게 이렇게 말할 수는 있겠지. "저기봐, 저 트럼펫 연주자 말이야. 이상해. 술 취한 게 아니라면 정신이 나간 게 틀림없어. 저 사람, 눈물을 흘리면서 트럼펫을 연주하고 있잖아."

그 배를 내려온 뒤 벌어진 일은 딴 세상 이야기이다. 그 빌어먹을 전쟁이 들이닥치지만 않았어도 뭔가 괜찮은 일이 일어났을지 모른다. 모든 것을 복잡하게 만든 것이 바로 이 전쟁이었고 좀처럼 이해할 수 없는 것이었다. 이해하려면 거대한 두뇌가 필요했다. 나에게는 없는 어떤 능력들이 필요했다. 난 트럼펫 연주나 할 줄 알지. 언제 끝날지 모르는 전쟁통에 트럼펫 연주가 얼마나 쓸모없는 것인지 놀라울 따름이다.

어쨌든, 버지니아 호든 노베첸토든 수년간 소식을 전혀 모르고 살았다. 잊은 것은 아니었다. 늘 기억하려 했고 궁금했다. "노베첸토가 여기 있다면 어떻게 할까, 뭐라고 말할까. '염병할 전쟁'이라고 말하겠지." 그가 말할 때처럼 맛깔나지 않았다. 주변 상황이 썩 좋지 않아서 이따금씩 난 눈을 감고 이민자들이 오페라를 부르고 노베첸토가 알 수 없는 음악을 연주하는 삼등실로 돌아가 그의 손과 얼굴, 주변의 바다를 느꼈다. 나는 상상과 기억 속에 빠져들었다. 때때로 나 자신을 구하기 위해 할 수 있는 일은 이것밖에 없었다. 가난한 자들의 속임수이지만 언제나 그럴듯한 효과가 있다.

결과적으로 끝난 이야기였다. 완전히 끝난 것 같았다. 그러던 어느 날 편지 한 통이 날아왔다. 언제나 농담을 달고 살던, 아일랜드 출신의 닐 오코너가 보낸 편지였다. 그런데 그날은 무척이나 진지했다. 전쟁으로 버지니아 호가 산산조각이 났다는 이야기였다. 버지니아 호는 병원선으로 이용되었는데, 심하게 훼손된 탓에 결국 완전히 폐선시키기로 결정되었다는 것이다.

살아남은 몇 안 되는 승무원들이 플리머스에 내린 뒤, 배 곳곳에 다이너마이트를 설치했고 조만간 바다로 운반해 날려버릴 예정이라고 했다. 우르르 쾅, 끝. 그리고 추신이 있었다. "자네, 100달러 있나? 꼭 갚겠네." 그리고 그 아래 추신이 하나 더 있었다. "노베첸토. 그는 내리지 않았다네." 오직 이 말뿐이었다. "노베첸토. 그는 내리지 않았다네."

며칠 동안 손에서 편지를 놓을 수 없었다. 그러다 기차를 타고 플리머스 항구로 가서 버지니아 호를 찾았다. 배를 지키고 있던 경비원들에게 몇 푼 쥐여주고 배에 올라 샅샅이 뒤지고 기관실에도 내려가보았다. 다이너마이트가 잔뜩 들어 있을 것 같은 상자 위에 앉아 모자를 벗어 바닥에 내려놓고 무슨 말을 해야 할지 몰라 그대로 가만히 있었다/

⋯⋯난 멈춰서 그를 바라보았고 그도 멈춰서 나를 바라

보았다/

엉덩이 아래에 다이너마이트, 사방에 다이너마이트/

대니 부드먼 T.D. 레몬 노베첸토/

연주할 음들을 언제나 알고 있던 것처럼 그는 내가 올 줄 알았던 모양이다……/

지친 기색 없이 곱게 늙은 얼굴로/

밖에서 스며드는 빛 외에 배에는 불빛 한 점 없었다. 밤에는 이보다 더 캄캄하겠지/

하얀 손, 가지런히 단추를 채운 재킷, 반짝반짝 광이 나는 신발/

그는, 내리지 않았다/

어스름한 불빛 속에서, 왕자 같았다/

그는 내리지 않았고 남아 있던 다른 것들과 함께 바다 한가운데에서 박살이 났을지도 모른다/

부두와 둑에서 모든 사람들이 바라보는 가운데 대단원의 막이 내린다. 화려한 불꽃놀이, 작별 인사, 내려오는 장막, 불꽃과 연기, 큰 파도, 마침내/

대니 부드먼 T.D. 레몬/

노베첸토/

어둠이 집어 삼킨 그 배 안에, 그에 대한 마지막 기억은 느릿하게 말하던 목소리이다/

/

/

/

/

/

(배우는 노베첸토로 바뀐다)

/

/

/

/

그 도시 전체에 끝이 보이지 않았어/

끝 말일세. 대체 그 끝은 어딜 가면 볼 수 있나?/

시끌벅적했지/

그 빌어먹을 사다리에서…… 모든 게…… 무척 아름다웠지. 그리고 코트를 입은 난 근사했어. 끝내줬다고. 의심의 여지가 없었지. 내가 내려가리라는 것은 기정사실이었으니까. 문제 될 건 없었어/

파란색 모자를 쓰고/

첫 번째 계단, 두 번째 계단, 세 번째 계단/

첫 번째 계단, 두 번째 계단, 세 번째 계단/

첫 번째 계단, 두 번째/

나를 멈춰 세운 건 자네가 본 게 아니야/

자네가 보지 못한 것이야/

이보게, 무슨 뜻인지 알겠어? 자네가 보지 못한 것……
난 그걸 찾았지만 없었고 그 거대한 도시 전체에는 그것
빼고는 전부 다 있었어/

모든 게 다/

하지만 끝은 없었지. 당신이 보지 못한 것은 이 모든 것
이 끝나는 곳이야. 세상의 끝/

피아노를 생각해봐. 건반은 시작이 있고 끝이 있어. 우
리 모두 그게 88개라는 걸 알지. 건반은 무한한 게 아니야.
당신, 당신은 무한하고 그 건반들 속에서 무한한 것은 당
신이 만들어내는 음악이야. 건반은 88개이고 당신은 무한
해. 난 이런 게 좋아. 사람은 무한하게 살 수 있지. 만약 자
네가/

만약 자네가 내 앞에 있는 저 사다리 계단에 오른다면/

만약 내가 그 사다리 계단에 오른다면 내 앞에 수백만 개의 건반이 펼쳐지겠지, 수백 개, 수십억 개의 건반/

끝없이 이어진 수백 개, 수십억 개의 건반들, 진실은 이것이야. 끝이 보이지 않는 건반. 피아노 건반은 무한해.

건반이 무한하다는 건, 그건/

그 건반 위에서 당신이 연주할 수 있는 음악은 없다는 거야. 피아노를 잘못 선택한 거야. 그건 신이나 연주가 가능한 피아노인 거야/

맙소사, 여기 이 길들 보여?/

길만 해도 수천 개인데, 그중에 어떻게 하나를 선택하지/

어떻게 한 여자/

집 한 채, 땅, 감상할 풍경, 죽는 방식을 선택하지/

그 세상 전부/

어디가 끝인지도 모르는 그 세상/

이 넓디넓은 세상/

그 광대함을 생각하는 것만으로도, 단지 생각만으로도 산산조각나는 게 두렵지 않은가? 거대한 곳에서 살아간다는 것⋯⋯/

난 이 배에서 태어났어. 여기에도 세상은 지나가. 단, 매번 2000명 만큼의 세상이지. 여기에도 욕망이 있어. 뱃머리와 선미 사이에서나 가능한 것, 그 이상은 아니지만. 유한한 건반으로 행복을 연주했어.

난 이렇게 사는 법을 배웠어. 내게 육지는 너무나 큰 배야. 어마어마하게 긴 여행이야. 눈부시게 아름다운 여자야. 너무나 강렬한 향기야. 내가 연주할 수 없는 음악이야. 날 용서해. 난 내려가지 않을 거야. 다시 돌아가게 날 내버려둬.

제발/

/

/

/

/

/

이보게, 이해하려고 해봐. 이해하려고 노력해봐/

눈 속에 있는 그 세상 전부를/

끔찍하지만 아름다운/

너무도 아름다운/

그리고 뒤에서 밀려오는 공포/

배, 다시 그리고 영원히/

작은 배/

눈 속의 그 세상, 매일 밤, 다시 새롭게/

유령들/

그대로 내버려두면 자네가 죽을 수 있어/

내리고 싶은 욕구/

그것에 대한 두려움/

그러다 미치광이가 되지/

미치광이/

자네가 해야 할 것. 난 그걸 했어/

먼저 상상을 했고/

그런 다음 했어/

수십 년간 매일/

12년/

수십억 개의 순간/

보이지 않는 아주 느릿한 몸짓/

이 배에서 내려올 수 없었던 나. 나를 구하려고 내 인생
에서 내려왔지. 한 계단 한 계단. 하나의 계단은 하나의 욕

망이었어. 매 걸음, 욕망에게 작별 인사를 했어.

이보게, 난 미치지 않았어. 스스로를 구할 방법을 찾으러 하는 건 미친 게 아니야. 굶주린 짐승들처럼 영민한 거라고. 광기와는 아무 상관 없어. 천재적인 것이지 그건. 기하학이야. 완벽함이고. 욕망들이 내 영혼을 갈기갈기 찢고 있었어.

욕망대로 살 수 있었겠지만, 그러질 못했어.

그래서 난 마법을 걸었지.

그리고 욕망 하나하나를 내 옆에 두었어. 기하학. 완벽한 작업. 난 밤새도록 한 여자를 위해 연주하면서 세상의 모든 여자들에게 마법을 걸었지. 투명한 피부, 보석을 끼지 않은 손, 가녀린 다리를 가진 여자는 밤새 내 음악 소리에 머리를 가볍게 흔들었지. 미소도 짓지 않고 시선을 떨구지도 않았어. 그녀가 자리에서 일어났을 때 내 인생에서 나간 사람은 그녀가 아니었어. 세상의 모든 여자였어. 그리고 난 결코 될 수 없는 아버지에게 마법을 걸었어. 몇 날 며칠을 죽어가는 아이 곁을 지키며, 그 끔찍하면서도 아름다운 광경을 놓치지 않고, 그가 세상에서 마지막으로 보는 것이 나였으면 했어. 그가 내 눈을 바라보며 떠나갔을 때 떠나간 사람은 그가 아니라 내가 가지지 못한 모든 자식들이었어. 북쪽에서 온 어떤 사람의 노래를 들으면서 세상 어딘가에 있는 내 땅에 마법을 걸었어. 그 노래를 들으면 골짜기, 주변의 산, 천천히 흘러가는 강, 겨울 눈, 밤 늑대가 보여. 그 사람의 노래가 끝나면 어딘가에 있을 나의 땅도 영영 끝나버렸어. 내가 그토록 갖고 싶었던 친구들에게도 자네를 위해 그리고 자네와 함께 연주하던 그날 저녁, 마법을 걸었어. 자네의 얼굴과 눈에서 그들, 내가 사랑하는 모든 친구를 보았지. 자네가 떠났을 때 그들도 자네와 함께 갔어. 북극해의 거대한 빙산이 더위에 맥없이 무너지는 것을 보았을 때, 난 그 경이로움에 작별을 고했어. 전쟁이 다 박살 냈다며 웃는 사람들을 보았을 때 난 기적에게 작별 인사를 건넸고, 다이너마이트로 가득 찬 이 배를 보았을 때 분노에게 작별 인사를 했어. 한 순간에 한 음으로 모든 음악을 연주할 수 있던 그날, 음악과, 나의 음악에게 작별을 고했고, 자네가 이곳으로 들어오는 것을 봤을 때 기쁨과 작별했어. 마법을 걸면서 말이야. 광기가 아니야, 친구. 기하학이야. 세심한 작업이지. 난 불행을 무장해제했어. 내 욕망들에게서 내 인생을 떼어냈지. 만약 자네가 내가 걸어온 길을 거슬러 올라갈 수 있다면, 마법에 걸려 영원히 멈춰서 움직이지 않는, 자네 말고는 어느 누구에게도 들려주지 않았던 이 이상한 여정을 표시하고 있는 욕망들을 하나씩 발견하게 될 거야/

/

/

(노베첸토가 무대 장막을 향해서 멀어진다)

/

/

(멈춰서 뒤를 돌아본다)

벌써 장면이 상상이 간다. 저세상에 도착해서 명단에서 이름을 찾는데 이름이 없다.

"성함이 뭐라고 하셨죠?"

"노베첸토입니다."

"노진스키, 노타르바르톨로, 노발리스, 노차……."

"저는 배에서 태어났어요."

"뭐라고요?"

"저는 배에서 태어나고 배에서 죽었어요. 명단에 이름이 있을지 모르겠네요……."

"조난당한 건가요?"

"아니요. 폭발 사고였어요. 다이너마이트 650킬로그램이 쾅, 하고."

"아. 지금은 괜찮아요?"

"네, 네. 아주 좋아요…… 단지 팔이 하나밖에 없을 뿐이죠. 팔 하나를 잃어버렸거든요……. 하지만 다들 걱정 말라고 하더군요……."

"팔 한쪽이 없다고요?"

"네, 아시다시피, 폭발할 때……."

"어딘가 남은 팔이 있을 텐데…… 어느 쪽이 없나요?"

"왼쪽요."

"저런."

"무슨 일이죠?"

"오른팔만 두 개가 될까 봐 겁나네요. 무슨 뜻인지 아시죠?"

"오른팔이 두 개라고요?"

"그래요. 그렇게 되면 문제가 될 텐데……."

"무슨 문제요?"

"말하자면, 오른팔을 달게 되면……."

"왼팔 자리에 오른팔을 붙인다는 건가요?"

"그렇죠."

"이허…… 이런, 보통은…… 없는 것보다야 오른팔이라도 있는 게 낫겠죠……."

"제 생각도 그렇습니다. 가서 확인하고 올 테니 잠시 기다리세요."

"혹시라도 며칠 뒤에 다시 오면 왼팔이 하나 들어와 있지 않을까요……."

"여기 백인 팔과 흑인 팔이 하나씩 있군요……."

"같은 색으로 하죠……. 흑인을 무시하는 건 아니에요, 단지 이유라면……."

운이 좋지 않았다. 천국에서 오른팔만 두 개인 채로 불멸을 살아가야 하다니. (콧소리로) 자 이제 성호를 그어봅시다! (성호를 그리려다 멈칫한다. 손을 바라본다) 어떤 팔을 써야 할지 난감하다. (잠시 머뭇거리다가 두 손으로 재빠르게 성호를 긋는다) 영원히, 수백만 년을 바보 같은 꼴로 살아야 한다. (두 손으로 다시 성호를 그어본다) 천국에서. 지옥이 따로 없다. 웃을 일이 아니다.

(돌아서 무대 장막을 향해 간다. 퇴장하려다 마지막 걸음을 떼기

전에 멈춘다. 다시 뒤를 돌아 관객을 본다. 눈이 반짝반짝 빛난다)

물론…… 이런 손으로, 오른손 두 개로…… 무슨 음악이냐 하겠지만…… 피아노만 있다면…….

(다시 진지해진다)

자네 엉덩이 밑에 있는 것은 다이너마이트야. 얼른 일어나서 떠나. 이제 끝났어. 지금이야말로 정말 끝이야.

(퇴장)

음악으로 욕망을 길들이다

최정윤

《노베첸토》는 알레산드로 바리코의 모놀로그 희곡으로, 주세페 토르나토레 감독의 1998년 영화 〈피아니스트의 전설〉의 원작으로도 잘 알려져 있다. '이 세상에 존재하지 않는 음악을 연주한 전설의 피아니스트' 대니 부드먼 T.D. 레몬 노베첸토의 이야기이다. 노베첸토, 그의 이야기는 대니 부드먼이 버지니아 호 일등실 연회장 그랜드 피아노 위의 레몬 상자에 든 아기 노베첸토를 만나면서 시작된다. 노베첸토와 유일하게 그의 이야기를 알고 있는 트럼펫 연주자 팀 투니. 두 사람은 각기 다른 시선으로 인생을 바라본다.

20세기가 시작되는 1900년, '기회의 땅' 미국으로 가기 위해 유럽의 노동자들이 부푼 꿈을 안고 몸을 싣던 여객선 버지니아 호. 노베첸토는 이 배에서 태어나 단 한 번도 육지를 밟아본 적 없으며 어느 곳에도 흔적을 남기지 않고 배에서 생을 마감한다. 배는 그의 삶의 터전이고 배를 벗어난 삶은 상상도 할 수 없다. 배가 폭파될 거라는 소식을 듣고도 그는 끝내 내리지 않는다.

모두에게 미치광이라고 불리듯 노베첸토는 상당히 독특한 아우라를 가진 인물이다. 그는 자신이 태어난 배의 한 귀퉁이에서 오가는 승객들의 감정과 열정, 욕망을 읽고 이를 통해 삶을 체험한다. 노베첸토는 배에서 내리고 싶은 욕구와 그 두려움, 평범한 삶을 살아보고 싶은 욕망과 새로운 세상에 직면해야 한다는 공포감 사이에서 갈등한다. 그러나 결코 바다를 벗어날 용기를 내지 못할 것 같던 그가 어느 날 육지로 내려가기로 마음 먹는다. 그러나 몇 걸음 내디디지 못하고 발길을 돌린다. 육지로 향한 계단에서 바라본 세상은 끝이 보이지 않는 무한한 존재로 인식된다. 반대로 그가 일생을 살아온 배는 피아노의 88개

건반처럼 시작과 끝이 있는 유한한 세상이다. 노베첸토는 그런 유한한 세상에서 유한한 건반으로 무한한 음악을 연주했다. 그러나 무한한 공간에서 그의 음악은 더 이상 무한한 존재가 될 수 없다는 것을 안다. 음악은 그에게 실존과 깊은 관련이 있다. 그의 피아니스트로서의 재능은 배에서만 발휘되며, 음악은 성공이나 경쟁의 도구가 아닌 삶의 이유이다. 음악은 그가 살아보지 못한 삶을 살게 해준다. 음악을 통해 가보지 못한 곳을 가고 맡지 못한 향과 냄새를 맡는다. 노베첸토는 음악으로 이룰 수 없는 욕망을 길들이고, 연주를 함으로써 불완전한 자신의 삶을 채운다. "난 불행을 무장해제했어. 내 욕망들에게서 내 인생을 떼어냈지"라는 대사에서 알 수 있듯 노베첸토는 육지에서의 평범한 인생을 포기하고, 실현될 수 없는 욕망과 관련된 모든 것을 지워버린다. 그렇게 노베첸토는 스스로 삶의 일부를 도려내고 불완전한 삶을 살기로 한다. 천국에서의 마지막 장면은 이러한 상징적 의미를 담고 있다. 폭발로 한쪽 팔을 잃고 천국에서 영영 오른팔 두 개로 살아가야 하는 노베첸토. 그의 잃어버린 왼팔은 실현되지 못한 욕망이다.

이 작품은 인생이 얼마나 어렵고 때로 포기하고 싶을 만큼 힘든 것인지 주인공의 선택을 통해 보여준다. 우리는 누구나 노베첸토와 마찬가지로 인생에 대한 막연한 불확실성과 그에 대한 두려움을 안고 살아간다. 바리코가 현실을 마주하고 이를 표현하는 방식은 매우 독특하다. 역설적이게도 다소 비현실적으로 느껴지는 이야기와 서술 방식을 통해 우리가 현실에서 겪는 삶의 문제나 불안, 두려움을 어루만져주고 위로해준다. 동시에 삶을 대하는 우리의 자세에 대해 생각해보게 한다.

서두에서 작가가 직접 밝혔듯 이 작품은 실제 연극을 위한 텍스트로 구성되어 있어 소설의 일반적인 구성과 다르다. 연극 특유의 파토스가 풍부하여 독자를 매료시키고 호기심을 자극하기에 충분하다. 정해진 시간 내에 공연되어야 하는 대본의 특성이 강하다 보니 호흡이 짧고 전개가 빠르다. 등장인물 사이의 대화와 기술적인 방식이 최대한 절제된 모놀로그 형식으로, 독자가 서술을 통해 배경 및 등장인물의 특성을 충분히 파악할 수 있도록 사건들을 표현했다. 의식의 흐름에 따라 전개되는 식이기에

문법이나 구문에 구애받지 않은 자유분방한 문체가 두드러진다. 그러나 초반의 간결하고 명료한 문체는 뒤로 갈수록 미묘한 감정이 실타래처럼 엮이면서 복잡해진다. 심플함 뒤에 묵직한 메시지를 전달하는 것이 바로 바리코의 언어가 지닌 강력한 힘이다.

노베첸토

1판 1쇄 인쇄 2018년 7월 26일 **1판 1쇄 발행** 2018년 8월 10일
지은이 알레산드로 바리코 **옮긴이** 최정윤
펴낸이 고세규
편집 이승희 **디자인** 이경희

발행처 김영사
주소 경기도 파주시 문발로 197(문발동) 우편번호 10881
등록 1979년 5월 17일(제406-2003-036호)
구입 문의 전화 031)955-3100 **팩스** 031)955-3111
편집부 전화 02)3668-3292 **팩스** 02)745-4827 **전자우편** literature@gimmyoung.com
비채 카페 cafe.naver.com/vichebooks **인스타그램** @drviche
트위터 @vichebook **페이스북** facebook.com/vichebook **카카오톡** @비채책
ISBN 978-89-349-8229-6 04880 책값은 뒤표지에 있습니다.

비채는 김영사의 문학 브랜드입니다.

이 도서의 국립중앙도서관 출판예정도서목록(CIP)은 서지정보유통지원시스템 홈페이지(http://
seoji.nl.go.kr)와 국가자료공동목록시스템(http://www.nl.go.kr/kolisnet)에서 이용하실 수 있
습니다. (CIP제어번호: CIP2018023195)